길을 묻다

이원화 소설집

가을, 길을 묻다

이원화 소설집

문학들

차례

길을 묻다

왜 남편은 사랑한다고 말하지 않고 미안하다고 말했을까.

사랑과 미안의 간극.

그 틈 속에 남편의 시간과 나의 시간이 들어 있다.

내 안에서, 또 다른 내가 소리친다. 뭔가 써야 한
다고, 쓰지 않으면 더 이상 서 있을 수 없다고. 아니
다. 쓰는 걸 놓을 수만 있다면 차라리 숨을 쉴 수 있
을 것 같다. 왼손의 약지와 새끼손가락이 전기가 흐
르는 듯 저리면서 먹먹하다. 오른손으로 왼손을 맞잡
고 주물러 보다가 손바닥을 펴고 찬찬히 들여다본다.
감각이 이상한 손가락이나 그렇지 않은 손가락이나
겉모양엔 차이가 없다.

　창밖으로 보이는 공원의 풍경이 무성영화를 보는
듯하다. 공원 광장에서 인라인스케이트를 타는 사람
들의 양쪽으로 벌린 팔이 마치 새가 날 듯 자유롭다.
아마 데이트 중인 모양이다. 서로 손을 잡은 남자와

여자가 엉거주춤 허리를 구부린 채 인라인스케이트를 타고 있다. 자꾸만 미끄러지려는 여자를 안아 세우며 남자는 다리에 힘을 주겠지. 여자는 넘어지면서도 웃음을 날릴 것이다. 웃음이 꽃잎처럼 바람에 날리는 날, 창밖으로 보이는 풍경 속의 모든 사람들이 행복하게 보이는 날, 나는 컴퓨터 앞에 멍하니 앉아 뻐꾸기 울음소리를 듣고 있다.

컴퓨터의 본체에서 나는 윙윙거리는 소리와 수족관에서 들리는 도랑물 흐르는 소리를 들으며, 의자에 앉아 창밖을 바라보는 나는 무엇을 기다리고 있는 걸까. 뻐꾸기는 문을 닫고 들어갔고, 잣열매 모양의 시계추는 한없이 흔들거리며 시간이 흐르고 있다. 컴퓨터 앞에 마냥 앉아 있는 사이 공원 주차장엔 차가 한 대 두 대 늘어나더니 금세 넓은 주차장이 가득 찼다. 주차 요원의 호루라기 소리가 이명처럼 들린다. 아마 아파트 주차장에서는 차들이 한 대 두 대 빠져나가고 있을 것이다. 그들은 기다리지 않아도 될 것이다. 연휴까지 끼어있는 이번 주말, 아주 가벼운 마음으로 도착한 여행지에 하루치의 짐을 풀고 몸도 마음도 쉬고 다시 돌아올 것이다.

자동차의 창문을 열면 바삭바삭 마른 흙이 곧 눈

으로 들어올 것 같았다.

시끄럽게 울리는 휴대폰의 발신 번호를 확인한 김 기자가 휴대폰을 그냥 내려놨다.

"그냥 받아요. 저는, 상관없잖아요."

서너 달 전 부서의 소속이 바뀌면서 담당 출입처가 바뀌어 알게 된 입사 십년 차의 기자였다. 시끄러운 벨소리 때문에라도 그가 전화를 받았으면 싶었다. 그에게선 설명할 수 없는 불편함이 느껴졌다. 동행의 불편함 때문일 것이다. 출장길에 동승하게 된 업무상의 관계. 자신의 치부를 드러내고 싶지 않은 관계. 마른 흙처럼 서걱거리다가 일이 끝나고 나면 산뜻하게 각자의 영역으로 돌아가는 관계.

내가 일하는, 민간단체의 출입 기자와 '백제문화체험' 현장에 가고 있다. 민트향이 생각나는 가벼운 캐주얼 차림인 그에게서 예전과는 다른 분위기가 느껴진다. 창밖은 가을인데, 그에게선 봄 냄새가 나는 것 같다. 무슨 일이든 다시 시작할 수 있을 것 같은 분위기다.

고속도로를 달리는 동안 곳곳의 카메라를 의식했다. 속도위반 단속 카메라에 나란히 얼굴이 찍혀 나오게 하고 싶지 않았다. 나란히 앉아 사진에 찍히는 순간 조수석의 얼굴이 모자이크 처리되는 사회적 방식에서 느껴지는, 투명함이 아닌 불신의 느낌. 그 느낌이 싫었다. 속도위반 단속 카메라 센서의 반짝임 너머 생의 순간순간들을 반짝이게 하는 것은 무엇일까. 매월 제 날짜에 정확하게 지급되는 급여일까. 밀린 급여가 언제 나오는지 정확하게 알 수 있다면 삶이 좀 더 명확하고 명쾌해질까.

선명한 빛깔의 은행잎과 단풍잎 가득한 고속도로변 풍경들이 새로웠다. 풍경 속에서 나무들은 계절을 정리하고 있었다. 아니다. 풍경을 이루는 나무들은 제 각각 물관의 피돌기 속도를 조절하며 스스로 잎을 떨어뜨려 새로운 계절을 준비하고 있었다. 이 년 전 일주일에 한번씩은 오르내렸던 길인데도, 그때의 풍경은 기억 속에 남아있지 않은 길이었다. 내 마음에 버석거림으로 남은 길. 이 길이 끝나고 나면 길의 위치가 분명해질까. 길이었다고, 막다른 길이 아닌 내가 선택한 길이었다고 이름 지어질 수 있을까. 역사에 묻혀 버린 백제를 찾아가는 길. 죽은 자들을 땅속에 꼭꼭 묻는 순간 기억도 그렇게 묻어버릴 수 있다면, 산 자들이 좀 더 자유로울 수 있을까. 땅속에 그들을 꼭꼭 묻는 순간 남은 자들의 삶도 함께 묻혀버리는 것은 아닐까.

이인용 병실의 왼쪽 침대에 남편의 자리를 만들었다. 끊임없이 고통을 호소하는 남편의 손을 붙잡고, 점점 흐려가는 남편의 눈을 보며 물었다.

"어떻게 해 줄까?"

"추워."

남편은 끝없이 추위를 호소했다. 가만히 앉아 있어도 땀이 줄줄 흐르는 한여름인데, 남편은 혈액의 수치가 떨어지면서 나타나는 추위에 더욱 고통스러워 했다. 일주일에 한번씩 한꺼번에 서너 팩의 수혈을 받아야 했다.

"저거 폭탄, 폭탄이 곧 터질 것 같아. 저거 좀 어떻게 해 줘."

링거 거치대에 매달린, 혈액팩에서 혈액이 잘 흘러나오도록 하기 위해 혈압기의 원리로 압력을 가해 공기를 넣어 팩을 누르는 둥그런 모양의 고무로 된 보조 기구를 남편은 폭탄이라며 불안해 했다.

폭탄. 허공에 매달린 채 언제 터질지 모르는 안전핀 뽑힌 폭탄. 남편 자신의 위치에 대한 설명은 아니었을까? 하루하루 입원 날짜는 늘어 가는데, 자신의 몸에선 자꾸만 힘이 빠져나가는 이상한 날들. 오늘밤이 지나면 힘이 좀 나겠지. 내일은 좋아지겠지. 그렇게 스스로 자위하며 보낸 시간들. 눈에 넣어도 아프지 않을 저 딸아이를 두고……. 좋아지겠지. 의지만 있으면 살 수 있어. 살아야 해. 그렇게 남편은 힘을 얻으려 애썼다. 그럼에도 불구하고 상태는 하루가 다르게 더욱 나빠지고 있었다.

다시 수혈을 하자는 의사에게 물었다.

"혹시 내 욕심 때문에 그를 더 고통스럽게 하는 것은 아닌가요? 수혈로 오히려 생명을 연장해서 그를 더욱 고통스럽게 하는 거라면 하지 마세요."

"그렇지 않습니다. 치료라고 할 수는 없지만 몸 상태를 좀 더 좋게 하기 때문에 환자에게 충분히 도움이 될 겁니다."

"그럼 기다려야 하는 건가요? 무작정……. 뭘 기다리죠?"

남편은 활짝 피었다가 스러져가는 한 송이 꽃이었다. 꽃이 아름다운 건 꽃이 필 수 있는 희망이 있기 때문이고, 스스로의 힘으로 꽃을 피워냈기 때문이며, 무엇보다 그 꽃에 생명이 있기 때문일 것이다. 남편은 사랑이라는 마술에 최면이 걸려 자신의 온 힘을 다해 꽃을 피워 내고, 그 정점에서 스러져가는 자신을 인정할 수 없었을 것이다. 어쩌면 지난 결혼생활 동안 내가 남편의 진기를 다 뽑아내 버린 것은 아니었을까. 생명은 있으나 뼈만 앙상하게 남아 자신의 의지로는 몸을 돌려 누울 수도 없는 상태의 남편이었다.

스스로는 한걸음도 뗄 수 없는 남편을 휠체어에 태우고 병실을 나섰다. 따스한 햇볕이라도 쬐이고 나면 곧 일어설 수 있지 않을까. 모자를 씌우고 담요를 덮어 발 아래 햇볕이 따스한 곳에 휠체어를 세웠다. 미동도 없이 앉아 있는 남편의 얼굴을 찬찬히 살펴보았다. 통통해서 손으로 만지면 매끈한 느낌이 너무 좋던 볼은 움푹 패었고, 반짝반짝 윤이 나던 얼굴은 푸르스름하게 변해 있었다. 저 얼굴이, 불과 몇 달 전까지도 울퉁불퉁하던 어깨근육이 뼈만 앙상하게 남아 추위와 아픔을 호소하는 저 사람이 남편이 맞을까. 이해할 수 없었다.

집결지에서 아는 사람이라곤 동행한 김 기자 뿐, 대다수가 칠팔십 세가 넘은 할아버지들이었다. 할아버지들을 보면서 남편의 얼굴이 먼저 떠올랐다. 겨우 절반 살고 가다니……. 남편은 뭔가. 남편은 잘 있을 거라고, 애써 나 자신을 다독였다.

백제 시대의 벽화를 볼 수 있는 능산리 고분군에 들렀다. 울타리처럼 둘러쳐진 금은화로도 불리는 인동초 덩굴을 보았다. 백제 지역에서 출토되거나 발견되는 유물들이 보여주는 왕과 왕비, 6품 이상의 벼슬아치가 머리에 쓰는 관에 꽂았다는 인동꽃 무늬의 장식품들이 가을 햇살 아래 피어난 인동꽃과 잘 비교되었다. 왕은 금색의 꽃이를 머리 양쪽 귀 위에 꽂았는지 앞뒤로 꽂았는지 아니면 앞면에 사선으로 꽂았는지 확실하게 알 수 없으나 금도금인 것만은 분명하고, 벼슬아치들은 하나의 은꽃이를 이마 정 중앙에 꽂았다. 왕과 왕비는 금도금 꽃이를, 6품 이상 벼슬아치 부부들은 은꽃이를 꽂은 모습은 먼 옛날 백제에서도 아내는 남편의 출세여부에 따라 그 신분이 구분되었음을 말해 주고 있었다.

“이 카드, 정지됐는데요.”
어느 날 주유소에서 주유를 하고 신용카드를 내밀었을 때, 카드 체크기에서 확인을 한 종업원이 말했다. 아뇨. 그럴 리가, 연체된 것도 없는데……. 카드사에 확인 전화를 했을 때 수화기에서 흘러나오는 상담원의 기계적인 답변에 또다시 절망했다. 금융감독원을 통해 남편의 사망사실이 카드사에 통보되었고 남편의 배우자 자격으로 발급 받았던 가족카드인 내 카드가 정지되었다고 했다. 그렇다면 한번쯤 카드 명의자에게 통보는 해 줘야 하지 않았을까. 바다 속 물고기의 알까지도 모조리 건져 올릴 수 있는 저인망 그물처럼 빈틈

없이 연결된 전산망에 의해 나도 모르는 사이에 정지된 카드 때문에, 나는 미망인이라는 꼬리표를 다시 확인한 셈이었다.

흐르는 시간을 이기지 못해 삭아 없어지고 약탈당하고 도굴당하고……. 그 희소성 때문에 더욱 가치를 지니는 물건들. 어느 한때 후원을 거니는 왕과 왕비의 권위를 더욱 높여줬을 여러 장식품들. 마흔네 명의 자식을 거느린 의자왕은 당나라로 끌려가 소정방에게 치욕적 수모를 당했다고 하니, 영욕의 세월 뒤의 무상함은 또 뭔가. 끌려간 뒤 달포 만에 그 숨을 놓은 의자왕이 묻혀 있다는 북망산. 지금 남편은 어디쯤 있을까. 남편은 편안할까. 숨을 놓은 그 순간 남편의 고통은 사라졌을까. 더 이상 뼈마디를 만져주지 않아도, 마약성 진통제가 없어도 괜찮을까. 문 밖이 죽음이라고? 아니다. 삶과 죽음은 늘 한자리에 있다. 서 있는 그 자리에 삶도 죽음도 함께 있다. 벽과 천장 등 삼면에 사신도와 연화당초문양 등 채색벽화를 재현해 둔 모형 전시관에서 한 뼘 정도의 크기로 늘어선 정사각형 화강암 관 받침대를 보았다. 산 자들의 기준에 맞춘 죽은 자들의 집에 들어가 벽화를 구경하면서, 구석진 천장을 차지하고 거꾸로 매달린 귀뚜라미들을 보았다. 무덤 속에서 살아 움직이는 생명들이었다. 남의 집에 들어와 천연덕스럽게 자리를 차지한 귀뚜라미들. 누가 진짜 주인일까. 죽었으므로 무덤의 주인이 되었을 테지만, 죽었으므로 자연의 일부가 되었다면 그 자연의 진짜 주인은 생명을 지닌 귀뚜라미들이다.

광물질로 채색한 벽화의 아름다운 문양과 그 색에 감탄하면서 산 자와 죽은 자가 구별되지 않은 느낌 때문에 으스스한 한기가 느껴졌다. 초대받지 않은 남의 집을 훔쳐보는 느낌이었다. 산 자들이 죽은 자를 기리기 위해 만든 것이 무덤이라면 죽음이 구경거리가 되어서는 안 된다.

먼저 집에 와 거실에서 텔레비전을 보고 있던 남편이 현관문을 열고 들어선 나를 따라 안방으로 들어왔다.

무슨 일이지? 남편을 뒤로 하고 장롱문을 열며 기억을 헤집었다. 자켓을 벗어 옷걸이에 걸고 스커트 후크를 열고 블라우스의 단추를 푸는 나를 향해, 남편은 아무렇지도 않은 듯, 한편으론 떨리는 듯 조심스럽게 말했다.

"내일 병원에 좀 가 봐야 할까 봐."

순간 오 년 전의 기억이 떠올랐다. 한 달이 넘도록

자리에 누워 물 한 모금 삼키지 못하면서도 쉬지 않고 검은 물을 토해내던 시어머니. 단추를 풀던 손가락을 멈췄다. 단추를 풀어내던 손가락을 멈추고 짧게 뒤돌아보았을 때, 남편은 한쪽 손으로 허리를 짚은 채 나를 바라보고 있었다.

"왜?"

이내 고개를 돌리고 심상하게, 아무렇지도 않은 듯 물었다. 어린아이가 엄마의 허락을 기다리듯, 소풍을 가려는데 엄마가 따라오는지 아닌지 확인하듯 남편의 눈빛이 흔들리고 있었다. 모른 척 아무것도 못 본 척 단추를 풀던 내 가슴속에서 뭔가 쿵, 하고 내려앉는 소리가 들렸다. 그동안 건강검진을 받아보자고 늘 말해도 안 듣더니……. 덜덜 떨리는 손가락의 떨림을 애써 감춘 채 욕실에 들어가 샤워기에서 흘러내리는 물이 '더운물에서 찬물로, 찬물에서 더운물로'를 여러 번 반복하도록 샤워기 아래 멍하니 서 있었다. 그렇게 서 있는 동안 새벽안개처럼 물안개가 피어올랐다. 늘 다니던 길인데도 한치 앞도 알 수 없도록 짙은 안개. 한발만 내딛으면 낭떠러지일 것 같은 안개 속에서 손을 내저어 흐릿한 거울을 닦아냈다. 더운 물줄기에서 피어난 안개로 거울은 이내 부옇게 흐려져 실루엣을 지워버렸다. 쏟아져 내리는 물줄기에 몸을 내맡긴 채 마치 할 일이 그 뿐인 양 서 있었다. 오래도록 물을 맞고 나면 머릿속까지 맑아져 병원에 가는 일 따윈 까맣게 잊을 수 있을 것 같았다.

이가 맞부딪치며 몸이 떨려올 때쯤 타월을 두르고 나와 남편 곁에 누웠다. 남편의 얼굴이 창문에 든 달빛에 젖어 흐릿하게 보였다. 남편의 고개를 들어 팔에 올리고 꼭 안았다가 내려놓은 뒤 천천히 남편의 몸을 더듬었다. 아침에 면도를 한 까실까실한 수염이 자라난 얼굴을 두 손으로 감싸 안고 긴 입맞춤을 했다. 이두박근 삼두박근하며 만지고 장난치던, 운동으로 잘 다져진 근육질의 어깨를 안고 깊숙이 남편을 받아들였다.

"내가 당신 사랑하는 거 알지? 오래오래 곁에 있을 거지? 난 당신 없으면 못 사는 거 알지?"

남편을 안으며 마치 다짐을 받듯 물었다. 남편을 향한 그 물음들이 나 자신을 향한 물음들이기도 했다. 지난 결혼생활 동안 내내 한순간도 잊지 않고 남편을 사랑했는가. 지금까지 남편의 그늘 속에서 온실의 화초처럼 살아오지 않았는가. 그저 부부라는 이름으로 의무처럼, 당연한 것처럼 살아오지 않았나, 끊임없이 스스로에게 묻고 있었다.

피검사와 초음파 검사 등 간단한 몇 개의 검사를 마치고 다시 진료실에 들어갔을 때 좋은 결과에 만족한다는 듯 반말 투로 의사가 말했다.

"무지하게 건강하구만. 위내시경 검사나 한번 해봅시다."

성실납세 대통령 표창장과 온갖 골프시합 수상 컵으로 진료실 전부를 장식해 놓은 의사를 의사로 보이게 한 것은 벽면에 걸린 사진이 붙은 의사면허증이 전부였다. 수면 내시경 검사로 남편은 잠시 잠이 들었다. 개인 병원이어서인지 검사실에서 남편의 위상태를 직접 볼 수 있었다. 긴 검사용 내선이 식도를 지나 위에 도착했을 때 나는 보았다. 선홍색이어야 할 남편의 위는 마치 개펄 같았다. 육지에서 밀려온 개흙에 덮여 썩어가는 개펄. 바지락도 게도 지렁이도 아무 것도 살 수 없는 개펄. 바라보는 것만으로도 썩은 냄새가 날 것 같은 개펄.

"그동안 건강 진단 받지 않으셨나요? 위암입니다. 지금 당장 수술은 어렵군요. 경과를 지켜본 다음에 수술 여부를 결정하도록 하죠. 무엇보다 본인의 의지가 중요합니다."

내시경 검사 전 반은 농담처럼 건강을 장담하던 의사는 언제 그랬냐는 듯 정색을 하고 말했다. 조직

검사 결과를 기다리지 않아도 확연하게 알 수 있을
만큼 남편의 병은 깊게 진행되어 있었다. 어떻게, 얼
마만큼 나쁘다는 설명도 없이 의사는 수술도 안 된다
고 했다. 오히려 지금 개복을 하는 경우 더 나빠질 수
있다고 했다. 수술 중 사망으로 다시 깨어날 수 없다
고도 했다. 나는 절망했다. 의사의 설명 때문이 아니
라, 내 눈으로 직접 본 남편의 개펄 같은 위 상태 때
문에, 나는 절망했다.

"어떻던가?"

위내시경 검사의 상태를 묻는 남편에게 고개를 돌
린 채 아무렇지도 않는 듯 말했다.

"위에 문제가 좀 있나봐. 지금 수술하는 것보다 좀
더 지켜 보자네. 약물로도 치료가 가능하대."

나는 수술도 할 수 없을 만큼 나쁘다는 의사의 이
야기를 수술보다 약물치료 효과가 더 빠르다는 쪽으
로 남편에게 전했다. 한껏 밝은 표정으로 창밖을 바
라보며 이야기를 하고, 화장실에 가 펑펑 울었다.

"우리 이쁜이를 위해시라도 살이야지."

남편은 자신의 상태를 알고 있었을까? 병원 문을
나서며 중얼거린 남편의 첫마디였다. 서른 넘어 결혼
해서 얻은 아들과 딸. 이름 대신 늘 이쁜이로 부르는
딸. 세상에 무엇으로도 바꿀 수 없을 예쁜 딸. 이제

겨우 초등학교 3학년인 딸. 어쩌면 일찍 아버지를 여의고 어머니 밑에서 자란 자신을 돌아보고 있는 건지도 몰랐다. 딸아이 때문에라도 살아야 한다고 말하는 남편의 손을 꼭 잡았다. 꼭 잡은 손을 놓지 않으면 언제까지라도 내 곁에 남아줄 수 있을 것 같았다.

다른 대부분의 환자나 보호자들이 그렇듯 쉽게 의사의 말을 납득할 수도 없었고, 납득한다 하더라도 전문 암센터에 간다면 좀 더 희망이 있지 않을까, 하는 기대로 길 위의 날들이 시작되었다. 광주에서 서울로 서울에서 광주로, 병원의 예약시간과 맞추기 위해 밤이나 낮이나 차를 타고 떠돌아야 했다. 검사실을 찾기 위해 층마다 코너마다 안내자들이 있는데도 불구하고 그곳이 그곳 같은 계단을 오르내리며 늘 허둥거렸다. 병원은 거대한 밀림 같았다. 아니 거대한 수렁이라는 말이 더 정확한지도 모른다. 한번 들어가면 벗어날 수 없는, 한발 담그면 나머지 발까지도 기어이 끌어들이고 마는 거대한 수렁. 그 수렁에 빠진 채 허우적거리는 것 같았다. 항암치료의 부작용으로 한 움큼씩 빠지는 머리카락을 견딜 수 없어 면도날로 맨들맨들하게 남편의 머리카락을 밀어내면서, 곧 치료만 끝나면 머리카락은 금방 자랄 테니 이 기회에 기념사진이라도 한 장 찍어두자며 웃었다.

낯선 땅에서 혼자 맞는 저녁. 창밖으로 달이 떠오르고 있었다. 내일쯤 보름인가보다. 내일 밤엔 꼭 찬 보름달을 볼 수 있을 것 같다. 이인일실로 배정받은 방엔 밤늦도록 아무도 나타나지 않았다. 문을 닫으면 저절로 잠금 상태가 되는 호텔방문의 특성상 누군가 벨을 누르면 깨어 있다가 문을 열어줘야 할 것 같았다. 디럭스트윈룸 더블베드에 혼자 누워 텔레비전의 채널을 이쪽저쪽으로 맞춰보다가 텔레비전을 끄고, 내일 일정표를 꼼꼼히 읽고, 가져간 책을 몇 페이지 보다가 책을 덮어 버렸다. 누구라도 함께 달을 바라보는 것만으로도 행복할 것 같았다. 달빛 환한 바닷가에서 모래밭에 발이 푹푹 빠지는데도 불구하고 나를 업어주던 남편. 발에 묻은 물기를 닦고 모래를 털어주느라 호호, 입김을 불던 남편……. 집중을 할 수 없었다. 달 때문인지도 몰랐다. 늘 집에서 혼자 책을 보다가 잠이 들었으면서도 잠을 이룰 수 없었다. 바로 옆방에서 텔레비전 채널을 돌리고 있을 김 기자에게 맥주라도 한 잔 하자고 전화를 하려다 포기했다. 요염한 달빛이 비쳐드는 방안에서 밤을 함께 보낼 용기가 나지 않았다. 달빛 때문이었다고, 혹은 술 때문이었다고 핑계 대고 싶지 않았다.

아침 일찍 일어나 샤워를 하고 호텔 주위를 산책

하고 돌아와 식사를 하면서 전체 진행자에게 물었다.

"원래 이인일실 사용 아닌가요? 밤새도록 기다렸는데, 아무도 안 왔어요."

새벽 다섯 시에 시내에 나가 과일 등의 간식을 준비해 왔다는 진행자가 웃으며 말했다.

"집에 전화하세요. 얼른 오시라고."

아이들밖에 없는 집에 뭐라고 전화를 해야 할까. 옆에 있던 김 기자가 끼어들었다.

"오메, 나 부르제. 할아버지 때문에 집에서도 안 보는 연속극이란 연속극은 다 봤는디……."

뭔가 알고 있는 것은 아닐까. 평소 내가 보내는 보도 자료의 내용에 따라 신문 기사가 달라지기도 하고, 부족한 부분을 전화로 물어오는 경우도 많아 일주일에 한두 번쯤은 꼭 통화를 하는 김 기자는 사실 나의 사적인 부분은 거의 모를 것이다. 취재차 기자가 방문했을 때 학교에서 돌아온 아이들에게서 걸려오는 전화 통화를 통해 아이들이 있음을 알고 있는 김 기자였다. 나 자신 스스로 남편에 관한 부분을 단 한번도 입에 올리지 않았으나, 사회부에서 십년을 보낸 기자라면 굳이 말로 하지 않아도 뭔가 알고 있을지도 모르는 일이었다.

낙화암에 올랐다. 처자식을 제 손으로 모두 죽이

고 나온 계백 장군의 오천 결사대가 황산벌에서 싸워 이틀 만에 패하자, 궁녀 삼천 명이 백마강에 떨어져 죽었다는 낙화암. 궁녀들의 죽음을 미화하고 은유하여, 꽃이 떨어져 내린 바위로 불리는 낙화암에서 탁하게 흐르는 백마강의 물줄기를 보았다. 산 자의 편에서 기록되는 역사, 백제를 망하게 했던 신라가 쓴 역사는 철저하게 의자왕을 패악한 왕으로 몰아 민심을 수습하려 했을 것이다. 역사는 싸움에서 이긴 자들이, 살아남은 자들이 자신들의 이기심을 더 해 부풀려 기록하고 만들어 가는 것이다.

백마강에서 부부가 운행하는 유람선을 타고 강변의 갈꽃을 보다가 부선장인 부인에게 소망을 물어보았다.

"우리야 뭐, 이제 애들도 많이 커서 쉬엄쉬엄 하는 거지요. 큰 소망이랄 게 있겠어요. 그저 강변에 갈대나 꽃을 좀 더 심어서 관광객이나 좀 늘었으면 좋겠어요."

아침 8시부터 해질녘까지 손님이 일곱 명민 디면 무조건 출발한다는 부선장의 수줍은 소망에 맞아요, 하며 마주보고 웃었다. 소망은 하늘의 별을 따야 하는 그렇게 어려운 것이 아닐 것이다. 어쩌면 아주 사소한, 사소하지만 삶의 힘이 되어주는 그런 것이다.

관광객이 늘어 수입이 늘면 고단함 따윈 까맣게 잊고 집에 돌아가 아이들과 살 부비고 누워 하룻밤을 보내는 것, 그것이 소망을 넘은 삶의 가장 원초적 행복일 것이다.

백제금동대향로를 보기 위해 박물관에 갔다. 세 발로 중심을 잡고 한발을 허공에 세운 채 입으로 여의주 대신 향로의 몸체를 받든 용의 모습이 마치 우리 가족의 모습 같았다. 기둥이 되어 서로를 받치고 있는 아이들과 나, 그리고 허공에 자리한 남편. 스물네 잎의 연꽃잎 모양의 몸체 아랫부분에는 현실과 상상 속에 나타나는 동물과 물고기와 인물상이, 뚜껑인 윗몸체에는 일흔네 개의 산봉우리에 상상과 현실 속의 동물 서른아홉 마리와 다섯 명의 악사를 비롯한 열여섯 명의 인물상이, 향로의 손잡이 맨 윗부분에는 여의주를 턱밑에 끼고 날아오르는 봉황이 표현되어 있었다. 향로에 표현된 여러 형상들의 정교함에 탄성이 터져 나왔다. 문양과 문양 사이사이로 구멍까지 뚫려 있어 향을 피우면 그 연기가 자욱하게 피어오른다고 했다. 죽은 자들을 위한, 시간이 녹아 흐르는 향로 앞에서 시간의 깊이를 보고 있었다. 연꽃잎 속에 흐르는, 삶속에 자리한 종교의 힘. 삶과 분리될 수 없는 종교, 거기 실린 사람들의 염원. 다섯 명의 신선인 악사들이 들고

있는 악기들의 현을 켜면 향로에서 피어오른 연기가
구름인 양 그 향에 취해 선계를 날아다닐 수 있을 것
같았다.

　나는 어느새 춤을 추고 있었다. 현을 켜고 있었
다. 벽화 속 여인이 되어 있었다. 시간이 멈추어 있었
다. 선계의 남편이 클로즈업되고 있었다. 하이라이트
로 빛나는 백제금동대향로에서 남편이 줌 인으로 내
게 오고 있었다. 향로의 연기 속에서 유영하는 남편
은 관자재보살이었다. 미륵부처였다.

　남편의 장례식을 치르고 동사무소에 사망신고를
하자, 열두 살 아들이 호주가 되어 나의 보호자가 되
었다. 나의 보호자, 열두 살, 겨우 초등학교 5학년 아
들. 남편의 호적을 정리하고 발급 받은 주민등록등본
을 아들에게 보여주며 네가 우리 집 호주다. 네가 내
보호자다, 하고 씁쓸하게 웃었을 때 아이는 만화 영
화를 보느라 정신이 없었다.

　아이들의 신학기 생활기록조사서의 아버지 이름
란에 이름을 적어 넣어야 하나 말아야 하나, 한참을
망설였다. 아이들의 뿌리가 남편에게 닿아있는데, 아
무 일도 없었던 것처럼, 당연한 것처럼, 공란으로 남
길 수 없었다. 이혼의 경우는 또 어떻게 하는지 궁금

했다. 각자 다른 집에서 새로운 배우자를 만나 가정을 이룬 경우는 어떻게 적을까. 분명한 건 현재형을 표시 해 줘야 했다. 주민등록등본 한 통을 첨부하라는 학교생활 안내서를 보며 결국 이름을 적지 못하고, 생활기록조사서의 아버지 이름 란을 공란으로 보냈다. 먼 거리 통학하는 딸아이의 교통편의를 위해 서로 돌아가면서 승용차로 태워다 주자고 했다가 말도 없이 아이를 빼 버린 이웃 엄마들에게 무슨 일이냐고 물었을 때, 모두들 서로 다른 아이들의 이름을 대며 그 아이 엄마들에게 물어보라고 했다. 세상에 없는 아이들의 아빠, 내 남편 때문은 아닐까 생각되어 서러움 때문에 한나절을 울었다. 때로는 사람이 사람을 더 견디기 어렵게 했다.

카드사에 부부의 신분으로 발급하는 가족카드가 아닌 독립된 내 명의의 카드 발급신청서를 냈으나 남편이 같은 집에서 살지 않는다는 것 외의 모든 조건이 예전과 달라진 것이 없음에도 소식이 없다.

아침에 눈을 뜨면 남편은 여전히 결혼식 사진 속에서 활짝 웃고 있다. 아이는 아침이면 오빠보다 먼저 나가 버스를 타고 학교에 간다. 하루하루 남편이 없는 시간을 살아가는 것이다. 주말이면 산의 8부 능선쯤 높은 곳에 자리한 남편을 찾아가 그의 집에 돌아난 잡풀을 뽑아내기도 하고, 이름 앞에 등 돌리고 서서 날마다 그가 바라보고 있을 들판을 향해 서 있기도 하고, 주위의 다른 무덤에 성묘 온 사람들을 구경하기도 했다. 남편의 발치에 서서 바라보는 먼 산의 아득함. 남편이 늘 내가 오는 길을 살피고 있는 거라면 남편의 이름이 새겨진 비석에 한 손을 얹고 시야가 드넓은 먼 산들을 바라보는 것으로, 한 방향을 바라보고 살라던 결혼식 주례사를 행하고 있는 것인지도 모른다. 햇살 가득한 남편의 집을 멍하니 바라보다가 주말부분가? 생각하다가 돌아오곤 했다.

호스피스 병동으로 입원하라는 주위 사람들의 여러 권유들을 물리치고 나는 병원을 고집했다. 남편에게 삶을 정리하라는 따위의 말을 할 수 없었다. 죽음을 의미하는 호스피스 병동으로의 입원은 삶의 포기로 여겨졌고, 마지막까지도 그의 죽음을 남편도 나도 받아들일 수 없었다.

위에 생긴 종양의 입빅 때문에 바로 누우면 숨을 쉴 수 없어 늘 왼쪽으로 돌아누워 있어야 하는 남편의 고통을 지켜볼 수밖에 없었다.

"빨리 힘내서 일어나야지? 어떻게 해 줄까?"

마치 무엇이든 해 줄 수 있는 양 밝은 목소리로 물었

지만 내가 해 줄 수 있는 것은 사실 아무 것도 없었다.

힘이 없어 눈도 잘 뜨지 못하는 남편이 원한 것. 단 하나.

"손으로 좀 만져 줘. 거길 좀 만져 줘."

첫아이로 아들을 낳아 키우면서 기저귀를 갈 때마다 시어머닌 아이의 고추를 손바닥으로 쓸어 올려주라고 늘 당부를 했다.

"사내아이의 고추는 늘 만져서 올려주는 것이란다. 그래야 고환의 협착을 막을 수 있어. 만져주지 않아서 고환이 한쪽으로 몰리면 걸음걸이가 불편해지고, 성인이 되어도 낫지 않는단다."

시어머니의 거듭된 당부에도 쉽게 아이의 고추를 만질 수가 없었다. 어쩔 수 없이 기저귀를 손에 들고 시늉만으로 아이의 고추를 올려줄 뿐이었다. 잠자리에서 어쩌다 남편의 요구가 있을 때에도 쉽게 응할 수 없었다. 그런데 남편은 하루하루 상태가 나빠지면서 성기의 고통을 호소하고 있었다. 살이 빠지면서 뼈만 앙상한 치골을 왼손으로 더듬어 주름진 채 올라붙은 고환과 새끼 손가락만한 성기를 만져 주물러주고, 오른손으론 링거액 바늘이 꽂힌 남편의 왼쪽 어깨를 조심스레 만져주며 차라리, 차라리, 단 1초라도 빨리 숨이 끊겨 남편의 고통이 멈출 수 있기를 기원

했다. 두 아이를 낳고 10년 넘게 살 섞고 살아온 남편의 성기는 아무리 정성껏 만져도 반응이 없었다. 남성으로서의 반응이 아니라 섬뜩하리만치 차가운, 치골에 올라붙어 있던 성기의 종잇장처럼 얇은 표피가 따뜻함으로 힘없이 풀어질 때, 남편은 잠시 아픔을 잊었다. 하루하루 양을 늘려 24시간 투여하는 진통제로도 멈출 수 없는 남편의 고통을 대신할 수 있는 것은 아무것도 없었다. 내 손 안에서 느끼는 온기로 남편이 살아있음을 느껴야 했다. 눈을 맞추고 욕창이 생기려는 어깻죽지와 엉덩이뼈를 손으로 만져 풀어주고 공기가 통하도록 해 주는 것, 그리고 왼손으로 그의 성기를 만져주는 것, 그 외에 내가 해 줄 수 있는 것은 없었다.

"암이라는 게, 마지막엔 뼈 속으로 전이가 됩니다. 뼈마디마디 아프지 않은 곳이 없게 돼요. 좀 더 강한 진통제를 처방하겠습니다."

의사는 차트를 들여다보며 아침 밥상에 올라온 나물의 간을 밀하듯 무심하게 밀했다. 하루하루 마약 성분 진통제의 양을 늘려 처방하는 것이 의사 역할의 전부인 양 했다.

남편이 다니던 교회에서 목사와 성도들이 병문안을 왔다.

"우리 성도가 하나님 품으로 가기 위해 준비 중입니다. 이제 하나님이 주신 이 세상에서의 직분을 마치고 돌아가기 위해 준비 중이오니 그 영혼을 받아주소서. 예비 된 천국의 문을 활짝 열어 우리 성도를 맞이해 주소서……. 아멘."

무슨 소린가? 예비 된 천국의 문을 열어 그를 맞이해 달라니. 지금 남편을 빨리 데려가 달라는 얘긴가? 감았던 눈을 뜨고 남편을 보았다. 무슨 소린지 알아듣고 있는지 모르는지 남편의 얼굴은 평온했다. 목사의 입을 바라보았다. 알 수 없다. 한 생의 결과가 천국에 이르는 것과 그렇지 않음으로 평가되려 하고 있었다. 이 세상에서의 생활이 오직 천국에 가기 위한 한 생이었음을 말하는 목사를 이해할 수 없었다. 선악의 대비로 천국과 지옥이 나뉘어왔다면 지금 선은 무엇이고 악은 무엇인가. 선하게, 착하게 살았으므로 천국이 예비되어 있다면 지금 남편의 몸은 아프지 않아야 한다. 적어도 신이 있어 신을 증명하는 거라면 지금 남편은 일어나야 맞다. 징벌 때문에 몸이 아픈 거라면 남편은 천국에 갈 수 없을 것이다. 남편은 아직 자신의 직분을 다 수행하지 못했다. 나는 지금 남편이 필요하다. 천국에 이르는 조건을 나는 모른다. 어쩌면……. 남편이 고통에서 벗어나 천국에서 행복

할 수 있다면 단 1초라도 빨리 그가 떠날 수 있도록
도와주어야 하는지도 모른다.

　여행의 마지막 밤이었다. 언제나 마지막이라는 말
은 사람을 혼란스럽게 한다. 미묘한 상태의 흥분. 또
는 기대감. 팔십여 명의 전체 참가자 중 몇 명이 어울
려 함께 백제의 밤거리를 구경하기로 마음을 모았다.
술집에서 술을 마시고 노래방에 들러 노래를 부르다
가 슬그머니 빠져 나와 혼자 호텔로 돌아왔다. 김 기
자는 지금쯤 어디에 있을까.
　관광호텔이라고는 하지만 산 속에 있는 듯 외딴
곳에 떨어져 있는 호텔 주위로는 논밭이 펼쳐져 있었
다. 아직 거둬들이지 않은 볏짚이 곳곳에 널려 있었
다. 밝은 보름달 아래서 이슬을 밟으며 들길을 걷는
기분도 괜찮았다. 하얗게 서리가 피어나는 들길에서
어김없이 남편을 떠올리고 있었다. 남편은 결코 잊을
수 없는, 결코 내려놓을 수 없는 무거운 짐이다. 내가
산 자와 죽은 사들로 나뉜 길에서 이쪽도 저쪽도 아
닌 어중간한 길에 서 있는 것처럼 느껴졌다. 어쩌면
미안하네, 그 한마디에 발목이 잡혀 있는 건지도 모
르겠다. 이제 그만 그 무거운 짐을 부려놓고 싶다. 휘
황한 보름달이 이제 이쯤에서 그 짐을 부려놓을 때가

되지 않느냐고 부추겼다. 달빛에 기대어 밤새도록 누군가를 기다려야 하는 일 따윈 잊고 싶었다.

전화번호를 알고 있는 단 한 사람, 동행한 김 기자에게 전화를 걸었다. 그렇지 않아도 우연히 창문을 열었다가 혼자 걷고 있는 모습을 보고 있었다고 했다.

"아줌마가 이래도 되는 거예요?"

"그럼 아줌마는 걷는 것도 안 된대요?"

맞받아치는 나에게 김 기자는 쐐기를 박듯 한마디 더했다.

"집에 있는 아저씨가 알면 어쩌려고……."

"집에 있는 아저씨? 그럼 남편 있는 여자는 걷는 것도 안 되면 남편 없는 여자는 어떤가요? 남편 없는 여자는 아무하고나 걸어도 되나요?"

"어쨌거나 선생님은 남편이 있잖아요."

"김 기자님은, 부인, 사랑, 하나요?"

남편이 없다고 말할 수 있을까. 없어요, 라고. 남편은 죽었어요, 라고. 그의 집과 내 집이 다르죠, 라고 쉽게 말할 수 있는 걸까. 쉽게 말할 수 없었다. 문장에 마침표를 찍어 끝을 마치듯 그렇게 쉽게 남편에 대한 마침표를 찍을 수 없었다. 몰라서 좋은 부분도 있는 것이다. 굳이 감추려는 것이 아니라 그냥 묻어두고 시간의 흐름에 맡기는 것도 살아가는 한 방법일 수 있을 것 같았다.

저녁 회진을 왔던 의사가 나를 불러 오늘 잘 지켜보세요, 라고 말했다. 마침 저녁 식사 배식이 이루어지고 있는 복도엔 저녁식사를 준비하는 환자보호자들과 환자들이 수저나 반찬통 찌개 냄비 등을 들고 오가고 있었다. 마치 생소한 이국의 언어인 양 되물었다. 어떻게요? 어떻게 보는 것이 잘 보는 건데요?

그날 밤 남편은 그와 나 사이의 끈질긴 인연의 끈을 놓았다. 그렇게 남편을 보냈다. 의사의 말이 가장 정확한 건 그 한마디였다. 그 밤 남편은 죽었다. 새벽이 되기 전에……. 미안하네, 한마디를 남기고……. 여전히 왼손으로 그의 성기를 만지며 오른손으로 그의 어깻죽지를 만지는 나를 두고. 이 세상에서의 마지막 끈을 놓으며 남편은 위 안에 있던 모든 내용물들을 토해냈다. 남편이 내게 미안한 것은 뭐였을까. 그와 나 사이에 존재하던 긴 인연의 끈을 툭, 소리 나게 끊어내면서 오히려 현생을 통한 내생의 마술로 나를 묶어놓은 것은 아니었을까.

심폐소생술을 할까요? 묻는 간호사에게, 하지 마세요. 편안하게 보내주세요. 하고 말했다. 심폐소생술을 해서 뭘 어쩌자는 건가. 온몸 구석구석 암세포가 퍼진 남편을 심폐소생술로 갈비뼈를 모조리 부러뜨려 놓은 뒤 살려내서 뭘 어쩌자는 건가. 울지 않았다. 울 수도 없었다. 독한 년, 스스로에게 욕을 하면서 안심했다. 이젠 남편이 편안해졌을 거라 여겨져 차라리 안심이 되었다. 이제 남편은 아프지 않을 것이다. 춥지 않을 것이다.

심장 박동수를 기록으로 남겨야 하거든요. 간호사는 이미 사망한 남편의 심전도를 체크하고 심장박동수를 0으로 기록하며 남편의 공식 사망을 알렸다. 그들에겐 남편의 사망이 그저 일상이었다. 아내와 아이들을 남기고 젊은 나이에 죽은 한 남자였다. 영안실로 남편을 옮기는 그 순간 다른 환자의 침상을 마련하는 일상, 얼마나 많은 사람이 죽었는지도 알 수 없는, 관심도 없는 하루치의 일상일 뿐이었다.

"능산리 고분군에서 벽화 보았죠? 기분이 어땠어요?"

엉뚱한 이야기로 말머리를 돌리며 김 기자에게 물었다.

"이 밤중에 죽은 사람들 이야기는 무슨……."

"사랑을 믿으세요? 어쩌면 산 사람도 죽은 사람도 모두 한 공간에서 살고 있다는 생각 안 들어요? 백제

금동대향로는 어떻든가요? 죽은 사람과 살아 있는 사
람들이 분리되던가요? 원죄의식 같은 거 느껴지지 않
았어요?"

내 손 안에서 느꼈던 남편의 생명과 마지막 온기.
손 안에 남은, 그 따뜻한 느낌을 지울 수 있을까. 지
울 수 있다면 무엇으로 그 기억을 대신할까. 다시 사
랑을 믿을 수 있을까. 사랑은 같은 공간에서 함께 숨
을 쉬는 것이다. 나는 그렇게 길을 돌아가고 있었다.
이쯤에서 남편의 짐을 부려놓고 그와 하룻밤을 보내
도 괜찮을 것 같았다. 달빛에 기대어보는 것도 내 생
의 아름다운 한때일 수 있을 것 같았다. 죽은 자들과
산 자들이 함께 한 이 공간에서라면 내일의 시간 따
위는 잠시 잊을 수 있을 것 같았다.

왜 남편은 사랑한다고 말하지 않고 미안하다고 말
했을까. 사랑과 미안의 간극. 그 틈 속에 남편의 시간
과 나의 시간이 들어 있다. 남편과 함께 한 시간의 깊
이와 앞으로 내게 남은 시간의 깊이. 남편은 그 시간
의 깊이를 잊고 있을지 모른다. 다만, 나는 아직 살이
있으므로 앞으로의 시간을 꿈꾼다. 죽은 자들에겐 없
는 것, 영원히 멈춰진 것. 시간. 어디에든 누구에게든
시간을, 시간이 만들어 내는 길을 묻고 싶다.

나무들이 서 있는 풍경

어느 날 문득 서 있게 된 자리에서

비와 바람과 햇빛에 온몸을 드러내어 놓은 채 서 있는 나무들.

희수는 나무들이 서 있는 풍경을 보며,

자신의 삶의 거리와 위치를 생각하고 있었다.

냉장고를 열었다. 뭔가 있을 거라 기대한 것은 아니지만, 은서를 대접할 만한 것이 없다. 플라스틱 반찬통과 물, 캔맥주 몇 개가 전부였다. 희수는 들어오는 길에 마트에라도 들렀다 올 걸, 생각하며 캔맥주를 꺼내와 은서에게 내밀었다. 잡지를 뒤적이던 은서는 고개를 저었다. 차나 한 잔 줘. 난 술 못하잖아. 기분이 울적할 때, 한 잔쯤, 가볍게 한 잔쯤 하는 것도 나쁘진 않을 텐데, 은서는 그랬다. 희수는 은서 몫으로 꺼내온 캔맥주를 바닥에 내려놓고 맥주를 홀짝였다. 목에서 싸한 느낌이 나면서 몸이 나른해졌다. 가끔, 혼자서 가끔 마시는 한 캔 정도의 맥주는 기분좋을 정도의 취기로 희수를 숙면에 이르게 했다.

　은서가 집에 오겠노라는 전화를 했을 때, 희수는 가벼운 술자리를 생각했다. 결혼해서 두 아이를 둔 은서의 결혼 생활은 이젠 제법 안정기에 접어들었다. 몇 년 전 은서의 남편이 형의 대출금 보증을 섰다가 살던 집을 경매로 날리고, 올 봄 은서네는 다시 아파트를 장만했다. 성실한 은서 부부에게 부부간의 특별한 문제는 없을 것이라 여겼다. 집에 온 은서에게 희수가 나가서 한잔 할 거냐고 묻자, 나, 오늘 여기서 자도 되지? 라며 의외의 대답으로 말문을 열었다. 은서 성격에 외박이라니? 무슨 일이 있는 건지 궁금했지만, 희수는 묻지 않았다. 어쩌면 찾아와 준 것만도 고마웠다. 어느 날 문득 쉬고 싶었을 것이다. 하루 종일 가게에서 동동거리다가 돌아와 집안 살림까지 해야 하는, 퇴근 시간이 정해지지 않은 주부라면 더더욱 쉬고 싶을 것이다. 미정인 잘 있겠지? 미정이의 소식을 묻는다기보다 미정이가 잘 있어야 한다는 일종의 강박감이 희수에게 느껴졌다.

　미정이. 희수에게 니는 아직 남자를 몰리, 단언히던 미정이. 세상에서 제일 잘 맞는 남자를 고를 거야, 장담하던 미정이. 커다란 쌍꺼풀이 있는 미정이. 크고 선명한 눈매와 오뚝한 코, 이목구비 뚜렷해서 예쁜 미정이. 미정이는 잘 있을 것이다.

　1988년 올림픽의 열기로 온 나라가 들떠 있었지만, 영진교역이 세든 지하실은 부라더미싱의 모터 소리와 시다를 재촉하는 미싱사들의 소리로 시끄러웠다. 재단사들이 차곡차곡 잘 펼쳐진 원단위에 원형이 그려진 재단지를 올리고, 재단기로 한꺼번에 원단을 잘랐다. 재단기의 칼날이 위아래로 움직일 때면 넓이 1센티미터 정도의 칼날이 마치 잘 달궈진 철사처럼 보이면서, 점점이 파란 불꽃을 피워 올렸다. 거의 매일 원단을 들고 움직이는 재단사들의 어깨는 6개월만 일하고 나면 근육으로 울퉁불퉁해졌다. 그들이 땀을 뻘뻘 흘려가며 원단을 잘라주면, 한쪽에선 차례대로 번호를 쓰는 넘버링 작업을 하였다. 색연필로 한 장 한 장에 번호를 쓰는 것은, 같은 기계에서 같은 방식으로 나온 옷감인데도 색상에 조금씩 차이가 나 옷감이 서로 달라 보이는 것을 방지하기 위함이었다.

　영진교역에 갔던 첫 날, 희수는 미싱 위에 일렬로 줄 맞춰 매달린 형광등에서 아찔한 현기증을 느꼈다. 형광등에서 희수는 자신의 빛을 찾고 싶었다. 빛에 대한 희망이, 희망이 아닌 갈망이었는지도 모른다. 언젠가, 내일이 오면 자신의 삶이 빛날 거라 생각했다. 컴컴한 어둠 속에서 발화하는 순간 눈부시게 빛나는 빛을 찾고 싶었다. 희수는 형광등의 발화만을 보았을 뿐 그 배면은 보지 못했다. 형광등의 갓이 천정 쪽을 더욱 어둡게 만들어 희수가 서 있는 공간을 밝게 비추고 있다는 사실을 알지 못했다.

희수가 주머니감에 초크로 박음질 선을 표시하느라 바쁘게 움직이고 있을 때, 빳빳하게 스트레이트 퍼머넌트한 머리를 찰랑거리며 미정이 나타났다. 검정 줄무늬가 있는 하얀색 사각 칼라는 가슴선 쯤에서 리본모양으로 끝을 묶고, 다트를 넣어 날씬한 허리선을 강조한 세라복 상의에 무릎 선에서 살짝 올라가 깜찍해 보이는 맞주름스커트, 긴 검정색 양말에 구두를 신은 미정의 모습은 먼지 펄펄 날리는 봉제 공장의 현장과는 도무지 어울리지 않았다. 그렇게 화려한 미정이 면접을 통과했다는 사실이 놀라울 뿐이었다.

색이 바랠 대로 바랜, 언제 청바지이기나 했냐는 듯 허옇게 변한 청바지에 작업복을 입은 채, 앞 뒤 미싱사의 재촉을 받고 있던 희수는 미정에게서 심한 거부감과 열패감을 한꺼번에 느껴야 했다. 희수의 계산 방법으로는 도저히 이해할 수 없는 상황이었다. 순간적으로 옆 자리에서 일하던 은서와 눈이 마주쳤다. 서로 눈을 크게 한번 떴다가 고개를 돌리는 것으로 이질감에 대한 감정을 교류하였다. 희수는 한 달에 한번 기숙사비를 제외한 월급을 받을 때면, 늘 시골에 있는 동생들에게 먼저 돈을 보내야 했고, 최소한의 생활비를 제외하고 나면, 옷 사 입을 돈 같은 것은 아예 없었다.

머리맡에 있는 조명등을 켜고 누웠을 때, 은서가 지나가는 말처럼 한마디 했다. 나, 집 나왔어. 무슨 남자가 허구헌날 보증은 보증이냐? 내가 언제 꿈에서라도 집 나온 적 있니? 나, 이젠 정말 못하겠다. 징글징글해. 이미 보증 서버렸는지도 모르겠다. 이건 정말 아냐. 너도 알잖아. 지난번에 집 날린 거. 왜 늘 이렇게 살아야 하니? 나, 해결 안 되면 집에 안 갈 거야. 결혼해서 지금까지 나 솔직히 할 만큼 한 것 아냐? 평소엔 거의 말이 없는 은서였지만, 제 안에 쌓인 분노를 쏟아내듯 많은 말을 했다. 말하는 동안 보증을 서야 하는, 보증을 서겠다는 상황은 변하지 않겠지만, 제 안에 쌓인 분노는 차츰 가라앉을 것이다. 희수는 그래, 그래, 하며 은서에게 맞장구를 쳤다. 시간이 필요한 것이다. 느리게 맞장구치는 희수가 답답했을까. 은서는 갑자기 너는 경태 씨와 정리할 생각이 있기나 하니? 하며, 경태와의 관계를 물었다. 음. 희수는 말끝을 흐렸다. 경태. 희수가 경태의 그늘에서 벗어날 생각이 없는 건지, 아니면 경태가 놓아주지 않는 건지, 희수는 아직도 뚜렷하게 결론을 내릴 수 없었다.

은서가 얘기를 하는 동안 희수는 은서를 한번 안아주고 싶었다. 은서를 안으면, 한 팔에 쏙 들어올 듯싶었다. 그렇게 작은 체구를 가진 은서가 두 아이를 키우며 남편의 일을 거들었다. 한때 노동운동에 대한 공부를 하느라, 늦은 저녁시간이면 숨이 턱에 닿도록 산 밑 기숙사를 향해 뛰어오곤 했던 은서였다. 은서 스스로 가출을 하였노라고 하지만, 아마 내일 아침이면 눈 뜨자마자 집으로 달려갈 것이라는 생각에, 희수는 은서보다 경태와의 관계를 생각하다가 잠이 들었다.

아침에 눈을 떴을 때 은서는 먼저 일어나 있었다. 아이들과 가게가 걱정된 때문이었을 것이다. 은서의 중국식당 풍경이, 은서 남편의 난감한 표정이 눈에 밟혔다. 더구나 은서의 손이 비면, 은서 남편은 이러지도 저러지도 못한 채 발만 동동 구를 것이다. 은서를 대신해 근로자대기소에서라도 아줌마를 불러야 할 텐데……. 은서 남편은 주방장이다. 그가 주방에서 양파를 볶고, 자장을 볶고, 면을 뽑아낼 때, 은서는 주문전화를 받고, 홀을 치우고, 손님들의 시중을 들었다. 그렇게 바쁜 하루하루의 저녁 시간을 나누어 글을 쓰는 은서다. 동네에서 하는 중국식당이라는 것이 남의 손을 빌지 않고 가족들이 운영하여 인건비를 절약하는 것으로 수익을 남기는 것 아니던가. 샤워를 하고 머리를 빗는 은서를 향해 희수는 무심한 척 잘 잤어? 하고 물었다. 아무렇지도 않은 척 편안한 얼굴을 하고 있는 은서를 보면서, 희수 역시 모른 척하였다.

냉장고를 열었지만 은서를 위해 상을 차릴 수 있는 반찬이 아무것도 없었다. 은서를 데리고 나와 설렁탕 집에 갔다. 몇 차례 안면이 있는 때문인지 주인이 아는 체를 해 왔고, 은서는 두리번거렸다. 설렁탕에 들어 있는 면을 건져 올리며 오늘 일정은 뭐니? 희수가 물었을 때, 젓가락으로 깍두기를 집던 은서는 응, 도서관에 가 보려구. 가서 책 좀 보다가 오후 늦게 집에 가지 뭐. 하고 심드렁하게 대꾸했다. 큰 맘 먹고 집을 나왔지만 특별히 갈 데도 없고, 돈도 많지 않을 것이다. 은서는 희수가 혼자 산다는 생각에, 그나마 희수를 찾아올 수 있었을 것이다.

식당에서 나와 무작정 차에 시동을 걸었다. 어디든 가보고 싶었다. 바다에 가면, 그 물빛처럼 푸른 희망 하나 건져 올릴 수 있을까. 은서가 진짜로 가보고 싶은 곳은 어디일까. 예전에 은서와 희수가 함께 살았던 방. 겨울이면 결로 현상으로 창문에 고드름이 열리던 방. 바다 생각 때문이었는지 고드름 때문인지 희수는 자신도 모르게 미정이 보고 싶지 않니? 하고 낮게 소리쳤다. 은서의 표정이 잠깐 맑아졌다. 고드름 열리던 방에서 함께 살았던 미정이와 은서와 희수. 미정은 지척에 있었다. 미정인 잘 있겠지. 보면 좋은데. 희수가 중얼거렸을 때, 은서도 고개를 끄덕였다. 그러면서도 너 바쁘지 않니? 하며 희수를 걱정하였다. 괜찮아. 네가 결정해. 오른쪽으로 가면 너희 집이고, 이대로 가면 K시야. 미정이를 볼 수도 있어. 어쩔래? 은서에게 결정권을 넘겼을 때, 은서는 머뭇거렸다. 나야 뭐⋯⋯. 나야 좋지만⋯⋯. 은서의 성품, 뚜렷하게 자신을 내세우지 않는 은서의 성격이다. 가게에 나가야 되지 않니? 희수가 다시 물었지만, 은서는 여전했다. 가끔은 일상에서 벗어나 보는 것도 그 일상을 살아내기 위한 충분한 힘이 될 것이다. 그럼 후회하지 마라. 네 덕분에 나도 하루 쉬지 뭐. 희수는 은서의 결정에 힘을 실어주며, 액셀러레이터를 밟기 시작했다.

집을 나온다면서도 핸드백에 칫솔 하나 달랑 들고 나온 은서와 아무 계획도 없이 그런 은서를 데리고 나선 희수었다. 오늘쯤 경태가 집에 오는 깃은 아닐까? 어쩌면 미정이를 못 만날 수도 있다. 만나지 못한다면 그뿐이다. K시에서 눈이 시릴 만큼 푸른 바다를 보고 나면 몸도 마음도 경태에게서 자유로워져 사는 일이 여여하게 느껴질 것 같았다. 그렇게 K시를 향해 달리기 시작했다. 희수는 오랜만에 만나는 미정이에 대한 기대와 바다 생각에 마음이 설레기 시작했다. 살아가면서 힘이 되는 건 사소한, 아주 사소하지만, 뭔가 새로운 기대를 갖는 것이다. 미정이를 만난다는 것만으로도 충분히 설렜다.

도로의 주변엔 단풍이 물들어 가고 있었다. 형형색색의 칼라로 빛나는 나뭇잎들 사이로 가을 햇볕이 내리쬐었다. 교외로 나가자 금세 논밭이 펼쳐졌고, 논에선 벼를 수확하느라 바쁜 농부들의 모습이 보였다. 들판은 풍경으로 다가와 풍경으로 멀어져 가곤 했다.

선글라스를 낀 채 핸들을 잡고 허밍으로 노래하는 희수 옆에, 은서는 핸드백을 꼭 끌어안은 채 앉아 있었다. 희수는 이내 상념에 젖어 들었다. 제 안의 물기를 거두어 잎을 떨어뜨리는 나무들의 풍경은 새삼스레 희수의 마음에 가득 차올랐다. 잎맥에 물기가 가지 않아 노랗게, 빨갛게 변해가면서 잎을 떨어뜨리는 나무는 스스로 제 안의 물관을 가두어 호흡을 늦추고 돌아오는 겨울을 준비한다. 나무는 원하지 않았을 것이다. 지나가는 누군가의 발길질에 생긴 제 몸의 상처를, 그 상처를 끌어안고 살아가야 하는 생을 원하지 않았을 것이다. 제 몸으로 흡수한 물이 제 몸에 난 상처에 수분을 더해 생살이 썩어 들어가는 동안, 빛과 바람과 물이 흐르는 동안, 나뭇결과 다르게 울퉁불퉁한 모습으로 남는 나뭇고갱이. 희수가 꿈꿨던 것들은 크고 화려한 그 무엇이 아니라, 나무처럼 푸르게 살아가는 것이었다. 봄여름 푸르게 서서 지나는 바람에게도 자리를 내주고, 그늘을 만들었다가, 찬바람 불면 스스로 잎을 떨어뜨려 다음 해를 준비하고 싶었다. 하지만 어느 하루라도, 어느 한순간이라도 제 마음대로 몸을 움직여 볼 수 있었던가? 어느 날 문득 서 있게 된 자리에서 비와 바람과 햇빛에 온몸을 드러내어 놓은 채 서 있는 나무들. 벌레가 잎을 갉으면 갉는 대로, 새가 찾아와 집을 지으면 짓는 대로 견디어 내는 나무들. 희수는 나무들이 서 있는 풍경을 보며, 자신의 삶의 거리와 위치를 생각하고 있었다. 어쩌면 길가에 늘어선 가로수가, 매연과 소음에서 잠시라도 몸을 거두지 못하는 가로수가 희수 자신이었다.

글은 많이 쓰니? 풍경에 마음을 쏟던 희수가 은서에게 말을 시켰지만, 은서는 심드렁했다. 써보려고 하는데, 속이 시끄러워서……. 은서는 말끝을 흐렸다. 은서는 신춘문예에 등단한 지 3년쯤 되는 소설가였다. 은서의 무엇이 글을 쓰게 하는 힘일까. 은서를 은서로 버티게 하는 힘은 무엇일까. 남편과 아이들일까? 청탁은 많이 오니? 다시 희수가 물었을 때, 은서는 희수를 빤히 쳐다봤다. 순간 희수는 자신을 바라보는 은서의 눈동자가 흔들린다고 느꼈다. 남편의 보증을 애기할 때와는 다른 그 무엇, 은서의 표정에 나타난 뭔가 갈망하는 듯한 표정은 희수를 적잖이 당황시켰다. 은서의 표정은 여전히 어두웠다.

근로자의 근무시간이 8시간으로 정해져 있다는 것을 은서를 통해 알게 되었지만, 영진교역의 근무시간은 기본이 늘 10시간이었다. 아침에 눈뜨면 출근해서 기본 8시간 근무에 연장 2시간에 다시 야근, 시시때때로 철야까지 견디어야 했던 열일곱 살의 시간들은 미정이를 처음 보던 순간 자신에게 칼날을 돌리기에 충분했다. 그 옷을 누가 입게 될지, 또는 누구의 손이 들어갈지 모른 채로 박음질 선을 표시하느라 바쁜 하루. 하루 목표 작업량을 채우는 것 외에 다른 것을 생각할 겨를이 없었다. 오늘 목표량을 채우고 나면 다음날은 어김없이 목표량이 다시 주어지고, 매 시간을 매 분으로 나누어 작업량은 계산되곤 하였다. 희망? 희망이라는 단어가 어울리기나 했을까. 어쩌면 희망이라는 단어를 생각하는 순간이 무서웠는지도 모른다. 끊임없이 떠오르는 생각들을 묻고, 묻어두기 위해 생각 자체를 죽였을 것이다. 미정이와 기숙사의 방까지 한 방을 사용하게 되었을 때, 열패감을 더 느끼 낄 수밖에 없었다.

그 무렵부터였을까. 늘 책을 옆구리에 끼고 사는 은서는 야근이 없는 날이면 자주 외출하였고, 기숙사의 통행금지 시간인 10시에 맞춰 뛰느라 늘 숨을 헐떡거렸다. 기숙사에선 밤마다 정각 열시에 현관 출입문이 잠기고, 방문 앞에 나란히 줄을 맞춰 앉아 점호를 하였다. 대부분 현장에서 고참이 방에서 방장이었다. 사감이 잠긴 출입문을 확인하고, 1호부터 차례로 점호를 시작하면, 기다리고 있던 방장이 맨 앞자리에 앉아 있다 벌떡 일어나 하나, 라고 선창을 시작하였다. 부동자세로 무릎을 꿇은 채 앉아있던 차례로 둘, 셋, 넷, 다섯, 여섯, 이상무. 라고 맨 뒷사람이 소리치면, 다시 방장이 "보고합니다. 1호 여섯 명 정원에 여섯 명 모두 입실 완료하였습니다." 하고 소리쳤다. 상황은 때에 따라 변하기도 하였다. 누군가 외출했다가 늦는 경우 방장이 일일이 사유를 사감에게 설명해야 했다. 그렇지 못한 경우, 다음 일주일간 회장실 청소가 벌칙으로 부과되었다. 그날 사감의 기분에 따라 점호가 바로 다음 방으로 이어지기도 하고, 사감에 의해 사물함이 열리기도 하였다. 그때는 몰랐다. 그래도 되는 줄 알았고, 그게 당연한 줄 알았다.

은서의 외출이 잦아지면서, 미정이와 자연스럽게 가까워졌다. 현장에서의 미정이의 모습은 찰랑거리는 머리를 제외하면 희수와 똑같았다. 작업복은, 회색과 파랑색으로 남녀가 구분되는 작업복은 사람들을 하나로 통일시키기에 충분하였다. 색깔이 하나로 통일된 현장에서 개인의 개성은 철저히 무시되었다.

열일곱 살 희수의 일상은 사춘기 따위의 감정을 느낄 겨를도 없이 어느 날 문득 비가 내리고, 바람이 불고 눈이 내렸다. 지상에 내리는 비가, 바람이, 눈이 작업복을 입은 채로 방과 현장만을 오가는 희수와는 아무 상관이 없었다.

20년이 지난 지금 희수에게 남은 것은 없다. 아무 때나 불쑥 나타나 희수를 제 여자인 양 취급하는 경태. 희수에게 있어 경태는 남자가 아니라 그림자이다. 지난 20년이 만들어 낸 남자의 허상.

경태는 영진교역 사장의 동생으로 어느 날부터인가 무성한 소문과 함께 공장에 출입하기 시작하였다. 공장에 오기 전에는 뚜렷하게 무슨 일을 하였는지 알 수 없었지만, 그의 인상을 쓰는 듯한 눈매에서 사람을 휘어잡는 힘이 느껴졌다. 그가, 초크로 주머니의 박음질 선을 표시하느라 라인의 맨 끝에서 종종거리는 희수를 패딩 창고로 불렀을 때, 산더미처럼 쌓인 패딩의 높이만큼이나 두려웠던 그였다. 무슨 일인지 몰라 잔뜩 긴장한 채 엉거주춤 서 있는 희수에게 경태가 말했다. 가까이 와. 괜찮아. 나, 나쁜 사람 아니야. 라인에서 늘 매섭다고 느꼈던 그 눈빛. 전체 200명이지? 그런데 너만 보인다. 너만. 사랑한다, 너를. 그럼에도 불구하고, 희수에게 경태는 낯설고 두려운 존재였다. 희수는 몸도 마음도 열 수 없었다. 그래선 안 되는 거였다. 은근한 말로 속삭이던 경태에게 몇 차례인가 뺨을 맞고, 우악스런 그 손에 입이 눌려 막히고, 작업복의 단추가 다 뜯겨나간 채 폭행을 당하면서, 희수는 자신이 싫었다. 자신에게 무언가 큰 잘못이 있는 것처럼 느껴져 자신을 죽이고 싶었다. 만족스러운 듯 혈흔을 닦으며, 희수, 너는 내 꺼다. 웃는 경태 앞에서 소리내어 울지도 못한 채로 태풍이 부는 바다를 생각했다. 내가 뭘 잘못한 걸까. 정작 더 무서웠던 것은 경태가 아니라 주위 사람들이었다. 소문이 무서웠다. 온 식구의 생세가 걸려 있는 현장에서 쫓겨날지 모른다는 불안감이 경태의 폭력을 거부할 수 없게 만들었다. 희수는 왜 스스로 항변이 아닌 자책으로 자신을 갉아먹고 혼자만의 울타리를 쳐 버렸는지 알 수 없었다. 계속되는 경태의 폭력 앞에서 희수는 늘 경태의 힘을 이길 수 없는 자신이 싫었고 무기력해졌다. 희수의 키보다 높은 파도에 흔적도 없이 온몸 날려 없어지고 싶었다. 아무도 없는, 파도 소리만이 가득한 바다에 온몸 던져 버리고 싶었던 희수는 폭력을 앞세운 경태의 힘 앞에서 어느새 길들여져 버렸다.

매일처럼 12시간은 기본으로 돌아가는 현장에서 열일곱 살 희수는 불법취업자였다. 노동운동을 하기 위해서도 아니고, 신분을 감추기 위한 위장 취업도 아니었다. 근로기준법은 18세미만 청소년에게는 취업의 기회를 주지 않았다. 희수도, 은서도, 미정이도 모두 제 이름이 아닌 누군가의 이름이었다. 회사에 쌓여 있던 수백 장의, 퇴사자의 이력서 중에서 아무거나 한 장 골라서 쓴 이름이었다. 그 이름으로 산재 보험에 가입하고, 1년에 한번 허울뿐인 건강검진을 받고, 회사의 정책에 대해 설문조사서에 응답했다. 비밀은 보장됩니다. 키와 몸무게를 쓰시오. 1년 전과 비교해 체중이 늘었나요? 혹은 줄었나요? 과도한 변화가 있었나요? 시력은 어떤가요? 어깨가 결리지 않나요? 현장에서 산업 재해를 당한 적이 있나요? 회사에 바라는 게 있다면 쓰시오. 회사에 바라는 것? 뭔가를 바랄 수 있는 꿈이나 꿔 본 적이 있을까? 그저 미싱 바늘에 손가락을 찔렸을 때, 미싱 기름에 손가락을 담그는 대신 병원에 갔으면 좋겠다고 생각했다. 라인 반장의 악다구니와 앞뒤의 미싱사에게 재촉을 당하면서도 어느 순간, 눈을 감으면, 미싱 바늘은 어김없이 손가락을 박고 지나갔다. 손가락이 미싱 바늘에 박히는 것은 재해에 속하지도 않았다. 손가락에 박음질이 아닌 되박음질을 하지 않은 것만으로도 다행이라 여기는, 그저 일상사일 뿐이었다.

성장기에 있었던 희수, 은서, 미정이의 바람은 무엇이었을까? 좀 더 자고 싶고, 친구들과 어울려 놀고 싶고, 작업복 대신 교복을 입고 싶고, 미싱 소리 윙윙대는 봉제 공장의 현장 대신 학교에 가고 싶고, 집에 돈을 좀 더 보내 오빠가 또는 동생이 성공하는 것을 보는 것이었다. 전봇대마다 붙어 있는 초보자 환영, 월수입 100만 원이라는 술집의 광고전단은 늘 고향 마을 어귀의 불빛처럼 환해 보이곤 했다. 희수는 입사 후, 시다 1년 만에 월 10만 원을 받는 미싱사가 되었다. 회사는 여전히 OEM방식의, 주문자상표부착 방식의 수출을 하고 있있지민, 베트남에 헌지 공장을 설립하였다. 주문자가 원하면 늘 바꿔다는 상표처럼, 희수의 이름이, 은서의 이름이, 미정이의 이름이 바뀔 수 있었다. 수요와 공급의 원칙 사이에서 수요보다 공급이 앞선 까닭이었다. 구매력과 판매력은 생산

력보다 늘 우위에 있었다. 현지 공장의 설립자금은 회사의 이익자금이 기본이 되었을 테지만, 회사는 이제 이 공장은 언제든 폐쇄해도 좋다, 너희는 생산 단가가 너무 높다, 라며 노동자들을 몰아갔다. 노동자의 가치는 분당 생산량과 맞물렸다. 시간을 분으로 나누고 분을 다시 초로 나누어 작업 가능 매수를 계산하고, 작업량의 목표를 주었다. 미싱사 두 명에 시다 한 명으로 짜여 철저하게 분업화된 작업 공정은 점퍼 하나를 만들어 내기 위해 45명을 필요로 했다. 개인별 시간을 1분 단위로 작업량을 환산하여 나눈 45명 여공들의 움직임은 기계처럼 정확했다. 현장엔 늘 빠른 템포의 음악이 울리고, 화장실은 오전에 한 번, 오후에 한번 갈 수 있었다. 조별, 또는 반별로 경쟁적으로 목표가 주어졌기 때문에 한 사람의 미달은 반 전체의 미달로 이어졌기 때문에, 어떤 경우에도 다하지 못한 목표작업량은 스스로 채워야 했다.

소문엔 전자제품 조립 공장엘 가면 돈을 더 많이 벌거라고 했지만, 납땜용 인두질을 하다가 납에 중독되면 온몸이 마비된다더라는 소문은 또 어디에서 들었을까. 그나마 전자회사는 만 18세가 되지 않으면 취업이 불가능 했다.

어느 날 미정이 시내에 아빠를 만나러 간다며, 외

출중을 끊어 나갔다. 외박을 하고 돌아온 미정이는 아빠가 사 줬노라며, 앙증맞게 생긴 작은 핸드백을 희수의 눈앞에서 흔들었다. 희수는 미정이가 너무나 부러웠다. 희수의 아버지는 고향을 떠나본 적도 없었고, 자신을 찾아올 형편도 되지 않았다. 희수는 미정이가 말하는 아빠가 당연히 아버지를 말하는 걸로 알았고, 농사짓느라 손마디가 모두 굽은 아버지를 생각하면서 눈물이 났다. 오빠에서 아빠까지 미정이가 만나는 남자들은 다양했다. 미정이는 자신이 만나는 남자들의 위치에 따라 자신의 위치도 바꾸었다. 나이가 많아서 스스로 아빠라 부르는 남자들을 만날 때는 여고생으로, 오빠라 부르는 남자들을 만날 때는 여대생으로 미정이의 신분이 바뀌었지만, 미정이의 신분이 단 한번도 봉제공장에서 일하는 공순이였던 적은 없었다. 미정이 외출할 때면 늘 여고생처럼, 여대생처럼 차림새가 바뀌어 있었다. 어느 날 미정이 K대생들과의 미팅을 주선해 함께 나가자고 부추기자, 희수는 얼떨결에 따라 나갔다. 이름이 써진 쪽지를 서로 나눠 갖고 파트너가 정해졌을 때, 그 남자가 물었다. 무슨 과세요? 순간 희수는 멍한 얼굴로 미정이를 쳐다봤다. 오빠는 보면 몰라? 의상학과지. 얘랑 나랑은 같은 과야. 공장에서 남의 옷을 만드는 일이 의상디자인을 배우는 것

과 아주 다르진 않았지만, 희수는 그 자리가 불편하기
만 했다. 미정이에게 빌려 입고 나간 옷마저도 너무나
불편했고, 상대가 옷만 쳐다보는 것 같아 부끄러워 고
개를 들 수가 없었다. 서로 소개를 마치고 돈가스를
먹은 후 콜라텍에 가자로 이야기가 모아지고 있었지
만, 더 이상 희수는 그 자리에 있을 수 없었다.

　미정인 늘 아빠나 오빠들을 만나기 위해 외출했지
만, 희수는 그저 기숙사에서 한 달에 두 번 쉬는 휴일
의 전부를 보내곤 하였다. 아무도 없는 빈 기숙사를
지키며, 빨래를 하고, 불 조리개를 하나로 열어 연탄
불이 꺼지지 않을 정도로만 맞춰 연탄불을 갈고, 미
지근한 방바닥에 엎드려, 집에 보낼 편지를 썼다가
지웠다가 또 쓰는 것으로 하루를 마쳤다.

　은서의 외출은 야학에 나가 공부를 하기 위한 것이
었다. 대학생들에게서 고교과정의 공부와 함께 노동
법을 배웠다. 은서는 희수에게 우리도 요구할 수 있
어, 당당하게 우리의 권리를 요구하자며, 함께 공부하
자고 했지만, 희수는 그럴 수 없었다. 경태의 협박이
아니더라도 동생들의 학비를 생각하면 자신의 권리를
생각할 수 없었다. 은서는 야학에서 만들어준 전단을
비밀리에 현장에 돌리기 시작했다. 은서가 전단지를
현장에 뿌리고, 사업주에게 노동자의 권리를 요구했

을 때, 노동자들은 두 패로 나뉘었다. 현장에서 미싱사들이 손을 놓자, 회사는 발 빠르게 하청으로 생산을 돌리면서, 사업장 폐업을 결정하였다. 노동자들을 위한 법이라던 노동법은, 회사가 문을 닫겠다는 결정 앞에서 아무런 힘도 발휘하지 못했다. 위장 폐업이었지만, 퇴직금을 기대할 수 없었고, 희수도 은서도 미정이도 갈 곳이 없었다. 닫혀진 회사의 정문 앞에서 농성을 벌였지만, 누구 하나 관심 갖는 사람없이 근로자들은 제 풀에 지쳐, 또는 당장 필요한 돈을 위해 다른 사업장으로 뿔뿔이 흩어져 갔다. 미싱 바늘에 손가락 박혀 가며 3년을 하루처럼 일한 대가가, 변두리에 전세방 한 칸 얻을 형편조차 안 되었다.

은서는 봉제공장의 현장에서 썼던 이름을 그대로 필명으로 썼다. 은서의 본명이 무엇이었는지 생각나지 않는다. 과거의 기억 어느 한순간도 잊어버리고 싶지 않다는 은서에 반해, 희수는 과거의 기억 한 자락쯤 이제는 내려놓고 싶었다. 무엇보다 경태를 잊고 싶었다. 아무 때나 찾아와 희수의 삶에 끼어드는 경태였다. 경태에게 희수는 무엇일까? 희수의 무엇이 경태에게 남아, 희수를 놓아주지 않는 것일까? 자신의 가정을 가지고 있으면서도 희수를 옭아매려드는 경태의 심리와 그런 경태의 그늘에서 벗어나지 못하는 희수 자신의 심리를 알 수 없었다. 언젠가 시간이 흐르면, 해결될 거라 믿었던 때도 있었다. 20년이 흐르는 동안, 희수도 은서도 미정이도 경태도 그만큼의 나이를 먹었다. 외양으로는 은서와 미정이는 결혼을 했고, 경태도 마찬가지다. 희수는 경태의 그림자에 눌려 아직도 혼자였다. 시간은 경태와의 관계를 더욱 고착시키고, 희수의 삶을 무기력하게 만들었을 뿐 변함이 없었다. 은서는 공장에서 돈을 벌어 시골의 동생들을 부양해야 했던 과거에서, 결혼 후 남편의 형제들까지도 책임져야 하는 현실로 바뀌었다.

사실은 한 자도 쓸 수가 없어. 무엇이 문제인지 모르겠어. 남편이 서겠다는 보증도 그래. 도대체 무얼 보증하겠다는 거지? 사람을, 돈을, 형이란 사람이 찾아와서, 보증 서주라, 너는 그게 말이 된다고 생각하니. 벌써 몇 번쨴데. 내 새끼들한테는 무엇 하나 제대로 먹이지도 못하면서, 왜 늘 보증을 서 줘야 하는데, 그게 가족이니, 가족이면 늘 퍼 줘야하니? 왜 예전에도 지금도 늘 퍼 줘야 하는 건데?

은서는 울기 시작했다. 글은 쓰느냐, 희수가 물었는데 은서의 대답은 엉뚱하게도 보증에 관한 항변으로 울음을 터뜨렸다. 글을 쓴다는 것이, 은서의 살아 있음의 징표라지만, 글씀의 행위는 삶이라는 반석 위에서만 가능한 것이다. 희수는 은서를 위로할 말을 찾지 못했다.

　은서가 울도록 내버려둔 채로 희수는 계속 액셀러레이터를 밟았다. 미정이는 잘 살고 있는 걸까? K시 출신의 남자와 결혼한 미정은 어부의 아내다. 동 트기 전 붉은 해가 떠오르는 바다에 부부가 함께 나가 고기를 잡는다고 했던가. 크고 쌍꺼풀진 눈매, 세라복에 맞주름 스커트를 입고 단발머리 찰랑거리며 나타났던 미정이가 맞는 걸까. 세상의 모든 남자들을 경험해 볼 것처럼 남자들을 바꿔가며 만났던 미정이 고른 남자는 어부가 되었다. 미정이 많은 남자들을 만났지만, 그 남자들이 할 수 있는 일은 미정이 만난 남자들의 숫자보다 오히려 빈약했다. 신데렐라를 꿈꾸는 것은 현실과는 거리가 먼 소설 속의 이야기일 뿐이었다. 아버지를 위한다는 명목으로 자신의 몸을 판 심청이 왕비가 되었을 때, 심청은 행복했을까. 어쩌면 지긋지긋한 현실을 도피하기 위한 자살은 아니었을까. 자신의 현실을 사회적 책임의 방식으로 타자에게로 돌려 비수를 날리는 것으로 자신의 가난을 포장한 것이다. 희수와 은서와 미정이에겐 자신을 포장할 만한 삶의 배경이 없었다. 한번 심어지면 제 의지로는 한발자국도 옮길 수 없는 나무처럼, 그 자리에 발을 담그고 서 있는 것이 그네들의 삶의 테두리였다.

그때. 조산원에서 아이를 지우고 발목까지 빠지는 눈을 밟으며 돌아온 미정이 밤새 뒤척이다가 한마디 했다. 누구한테도 임신했다는 말을 할 수가 없었어. 희수에게서 몸을 돌려 누우며 혼잣말처럼, 남 애기인 것처럼, 한마디 흘리며 돌아누웠다. 희수는 못 들은 척 누워 있다가 가만히 밖에 나가 연탄아궁이의 하나로 열려 있던 불 조리개의 뚜껑을 아예 활짝 열었다. 정확하게 하루에 두 장씩 계산해 들인 연탄의 장수를 하룻밤만이라도 잊어버리고 싶었다. 미정이를 위해, 미정이의 몸을 풀어주고 싶었다.

지난번 미정이와 그 남편을 만났을 때, 바닷가를 거닐자는 희수의 제안에 미정이의 남편이 도리질을 쳤다. 바다요? 생각만 해도 징한 곳이요. 날마다 목숨 내 걸고 사는 곳이 바단데, 일없이 거길 거닌단 말이요? 그 시간에 뜨끈뜨끈한 방에서 좀 쉴라요. 희수의 바다와 미정이의 바다가 그렇게 달랐다. 그것이 현실이었다. 가게에서의 고단한 일상을 마치고 늦은 저녁 잠을 줄여가며 글을 쓰지만 발표 지면이 없는 은서와, 경태의 그늘에서 벗어나지 못한 채 바다를 보는 것만으로도 가슴 설레는 희수와, 바다에 목숨 내걸고 사는 미정이의 현실이었다.

　미정인 선창가의 어판장에서 부지런히 생선을 손
질하고 있었다. 생선을 다듬던 손을 급히 물에 헹구
며 희수와 은서를 맞았다. 먼(무슨) 바람이 불었다니?
미정이의 억양에서 바다 냄새가 피어오르고 있었다.
미정이의 거친 손마디가, 온몸으로 지나온 시간들을
한눈에 보여주었다. 특별히 누구에게랄 것도 없이 잘
살지? 짧은 미정이의 물음 속에, 꼭 부여잡은 물기 흐
르는 미정이의 손에 모든 것이 담겨 있었다. 모르는
것이 많으면 많을수록 더욱 할 말이 없는 것. 그럼에
도 불구하고 희수와 은서와 미정 사이에 이미 우린
서로를 다 알고 있다는 동의의 감정이 흘렀다.

　부지런히 생선을 다듬는 미정이와 그런 미정이의
손끝을 바라보고 앉아 있는 은서에게 중얼거리듯 희
수가 물었다. 너네는 내일을 믿니? 난 아무래도 내일
따위는 없는 것 같아. 20년 전과 지금 뭐가 달라졌니?
손톱에 미싱 바늘의 상처는 없어졌지. 시간이 흘렀으
니까. 시간이 변하게 만든 건 겨우, 손톱에 남은 미싱
바늘의 자국을 지워준 거야. 공장에서 일하던 그때,
우리가 뭐랬니? 스물 몇 살을 먹고도 공장에 나와서
일하는 언니들을 보면서, 우리 욕했잖아. 특히 결혼
한 아줌마들을 우린 이해하지 못했잖아. 나이 값도

못한다구. 그땐 시간이 가서 나이를 먹으면, 뭔가 아주 특별해지는 건 줄 알았지. 그런데 세상은 하나도 변하지 않은 채 나만 홀로 나이든 것 같애. 어느 순간부터인지, 대학생들이나 20대로 보이는 사람들을 보면, 나도 모르게 젊은 애들이란 표현을 쓴다. 너무 재밌지 않니? 넌 그래도 남편도 있고, 아이들도 있잖니. 난 지금 아무것도 없다. 더 이상 믿을 게 없어. 회사에서는 나이든 내가 부담스럽고 싫단다. 이제 갓 대학 졸업한 애들 데려다가 쓰고 싶대. 내가 할 수 있는 일이 있기나 한 거니?

은서가 발끈했다. 너의 그런 태도가 문제야. 너 아닌 누군가가 너를 변화시켜 줄 수 있니? 그건 외부의 문제가 아니라 너의 문제야. 제발 환상을 버려. 경태 씨만 해도 그래. 뭣 때문에 정리를 못하는데? 옛날엔 경태 씨가 무서워서 정리 못했다고 치자. 지금은 뭔데. 오히려 네가 경태 씨를 붙들고 있는 거 아냐? 이젠 네가 부양해야 할 가족도, 책임지고 살아야 할 무엇도 없잖아. 세상에 남자도 많은데, 왜 그러고 사니? 남 걱정 따위 버려. 너, 그거 착각이고, 위선이다. 늘 세상에서 한발쯤 들고 사는 게 너 같애. 제발 두 다리 다 땅에 대고 서라. 네가 할 수 있는 일 아직도 많아. 네 걱정이나 해. 희수와 은서의 대화가 어판장의 소음에 묻힐 무렵, 무쇠칼로 생선을 부지런히 내리치던 미정이 말했다. 그날 내가 왜 울었는지 아니? 이 남자 저 남자 많이 만났지. 막상 임신을 하자 누구의 앤지도 모르겠더라. 더 재미있는 건 임신했다고 하자, 다들 자기 애가 아니라는 거야. 그러면서 연락을 끊어버리더라. 결국 혼자서 애를 지웠지. 조산원에서. 구불구불한 골목으로 들어가 조산원의 수술대에 누웠을 때, 의사가, 아니지. 뭐라고 부르는지 모르겠다만, 가운을 입은 나이든 그 아줌마가 말하더라. 나이도 어린 것이 뭐하는 짓이냐고. 세상에 너보다 소중한 게 어딨겠냐고. 남자들을 만나서 잠자리를 할 때면, 아니 잠자리를 하기 전까지 남자들은 말하지. 너를 사랑한다고. 너 없으면 안 된다고. 그런데 사람들은 변하더라. 난 관계를 지키고 싶어서 잠자리를 같이하는데, 이상하게도 남자들은 그때부터 변해. 어쩌면 생목숨을 끊은 그 벌로 아직까지 아이가 없는 건지도 모르겠다. 내가 이렇게 견디고 사는 건 남편 때문이야. 사랑. 나는 그런 거 모른다. 그냥 옆에서 서로 지켜 주는 것, 함께 살아 있어 주는 것, 그 이상도 그 이하도 아니야. 그날 밤. 배 고플 땐 먹고 싶은 게 더 많은 것처럼, 하필이면 눈까지 많이 와서 더 서러웠어. 아이를 지우고 혼자 돌아오는 그 길이 얼마나 무섭고

끔찍하던지. 희수, 네가 연탄불 조리개 뚜껑 활짝 열어, 아침까지 따뜻하게 보낸 거 나도 알아. 그래서 늘 네가 고마웠어. 사는 게 뭐 별 거니. 내가 할 수 있으면 하는 거고. 도와줄 수 있으면 도와주는 거지. 나는 남편한테 늘 고마워하면서 산다. 내가 하는 일 따위 중요하지 않아. 생선 머리를 내리치든, 글을 쓰든, 그런 건 중요하지 않아. 그냥 내가 살아있으므로 견디는 거지. 남편에겐 좀 미안해. 아이 없는 것이 내 탓으로 여겨지거든. 그런데 뭘 어쩌겠니. 내가 할 수 있는 일과 할 수 없는 일이 있는 거지. 그러면서도 미정이는 지나가는 아줌마들을 향해 연신 물이 좋아, 물이 좋아요, 소리쳤다.

희수는 바닷가를 향해 차를 몰았다. 외벽에 샤워장이라고 쓰인 건물의 지붕이 바람에 날려 너덜거리고 있었다. 한여름 해수욕장에서 바글거리던 사람들의 모습이 상상이 되지 않을 정도로 바닷가에는 아무도 없었다. 바다는 온몸을 다 드러낸 채 푸르게 요동치고 있었다. 차에서 내리자 물비린내와 함께 모래가 바람에 날렸다. 소금기를 머금은 바닷바람은 끈적하게 희수의 볼을 때렸다. 희수는 바지를 걷고 물가를 거닐었다. 제 몸을 뒤척여 철썩대는 파도가 밀려왔다가 밀려가며 발목을 훑고 지나갈 때면 희수는 현기증 때문에 눈을 감아야 했다. 물결이 만들어 낸 현기증을 느끼는 순간 발에 힘을 주어 발가락을 모두어도 모래는 어느샌가 빠져나가고 없었다. 움켜 쥔 발가락에 힘을 주면 줄수록 모래는 더 깊이 패이고, 바다는 거대한 블랙홀처럼 희수를 끌어당기며 파랑을 일으켰다. 물결에 그대로 몸을 내어 맡기면, 한없이 흘러가 형체도 없이 사라질 수 있을 것 같았다.

미정이는 왜 아직 아이 소식이 없는 걸까. 미정이의 얼굴에 언뜻언뜻 드러나는 검은 그림자가 아이 때문일까? 미정이에게 아이가 있다면 고단한 바닷바람을 막아 줄 바람막이가 되어줄까.

은서는 모래밭에 앉아 바다를 바라보고 있었다. 잊어버린 뭔가가 생각난 듯 가방에서 작은 수첩을 꺼내 뭔가를 적어나가기 시작했다. 멀리 작은 고깃배들이 보였다. 미정이 부부도 저기 어디에서 그물을 펴고 걷기를 반복할 것이다. 희수 자신이 걸어온 발자국이 저만치 보였다. 어쩌면 오늘 여기 이 순간까지 희수의 선택이 아닌 것이 단 하나라도 있었을까. 처음 경태에게 폭행을 당했던 것이야 어쩔 수 없었다 치더라도 그 다음부터는 희수의 선택이었는지 모른다. 미정이의 삶이, 미정이의 적극적 표현들이 더 아름다운 건지도 모르겠다. 너는 아직 남자를 몰라, 일갈하던 미정이. 그녀가 내리치는 생선들의 머리처럼 매사 분명하게 획을 그을 수 있는 미정이의 태도가 훨씬 솔직하고 아름답다. 파도가 철썩이는 소리를 배경으로 갈매기들이 끼룩대는 소리와 파도에 쓸려가는 모래 부서지는 소리가 들렸다. 갈매기들이 허연 배를 드러내며 낮게 난다. 비가 오려나 보다. 가을걷이를 하기엔 유난히 덥게 느껴지더니, 한바탕 비가 쏟아지려나 보다. 희수는 양 손에 신발을 든 채로 아~악 소리를 길게 내지르며 뛰기 시작했다. 어디까지라도 달릴 수 있을 것 같았다. 바다는 점점 더 푸르다 못해 검어지는데, 희수는 바다를 향해 소리치며 달리고 있었다. 발목을 차오르던 파도는 밀물이 되어 밀려오고 있었다. 사르르사르르 부서져 흐르는 모래처럼 희수는 흐르기 시작했다. 답답하던 희수의 가슴이 뚫리는 것 같았다. 이제야 살 수 있을 것 같았다.

파도에 묻힌 희수가 점점이 흩어져가는 동안 은서는 여전히 고개를 숙인 채 뭔가를 써 나가고 있었다.

늘 그런 것

은수가 만들어 주는,

은수가 말없이 받쳐 주는 마음의 지지대가 이경이 기댄 지지대였다.

손안에 들어온 물을 온몸에 힘을 주고 움켜쥐는 것이 아니라,

자연스럽게 놓는 것이 앞으로 나가는 힘이란 걸 이경은 안다.

알람이 울린다. 오늘 수영강사들이 새로 올 것이다. 이경은 어젯밤 잠들기 전 6시 30분에서 4시로 알람을 다시 맞추며, 잠이 깰 수 있을까 걱정스러웠다. '설레는 마음'이 연속으로 들린다. 휴대폰의 확인 버튼을 누르지 않으면 설레는 마음은 한 시간이고 두 시간이고 울릴 것이다. 새벽 4시. 이경은 손을 뻗어 머리맡에 놓아 둔 휴대폰의 확인 버튼을 눌러 알람을 껐다. 오늘 세 명의 강사가 새로 오기로 했다. 그들은 약속을 지킬까? 커튼이 쳐진 방안은 아직 어둡다. 방은 어둡지만, 아늑하고 따스하다. 조금만 더, 조금만 더 누워 있고 싶다. 이경의 출근시간은 아침 9시다. 그런데, 오늘 새벽 5시 30분에 문을 여는 수영장에 나

가 새로운 강사들을 만나 봐야 했다. 면접을 할 사이
도 없었고, 상황도 안 되었다. 무조건 강사를 모셔 와
야 할 형편이었다. 설레는 마음이 아니라 아득한 마
음이다.

아직 해가 뜨지 않은 어두운 도로는 안개로 자욱
했다. 그 안개 속에서 가로등 불빛은 산란하여 빛날
뿐 앞이 잘 보이지 않았다. 차들은 비상등을 켜고 달
리고 있었다. 가까이 가면 비상등이 반짝일 뿐 차가
얼마만큼 앞에 있는지 분간이 쉽지 않았다. 이경이
앞 차를 조심한다 하여도 뒷차에 대한 건 이경으로서
도 방법이 없었다. 받힌다면, 그건 그때 다시 생각해
봐야 할 문제다. 지금 이경에겐 선택의 여지가 없었
다. 새벽 안개는 한낮의 맑음을 예고하는 거라는데,
이경은 안개 낀 이 길이, 오늘 자신이 치러 내야 할
하루가 두려웠다.

은수는 텔레비전 화면에서 은갈치를 마쉬시키는
남자를 보고 있었다. 두 옥타브쯤 높은 리포터의 목
소리가 파도소리와 주낙을 끌어 올리는 기계소음에
묻히고 있었다. 방송은 제주바다의 갈치잡이 현장을
생중계하고 있었다. 마이크를 든 리포터는 들뜬 목
소리로 말하고 있었지만, 그녀는 몹시 추운 듯 보였

다. 갈치잡이 배의 현장은 부산하고 소란했지만, 그 한편에 조용히 앉아 있는 남자가 있었다. 푸른 바다에서 갓 잡아 올린 은갈치의 신경점을 침으로 찔러 마취시키는 남자. 주낙을 끌어 올리는 어부들 곁에 가만히 앉아 있다가 갈치가 올라오면 침통에서 침하나 꺼내어 아가미의 어디쯤을 손으로 살짝 가린 채 침을 찔러 갈치를 마취시키는 남자. 남자의 손을 거쳐 살아 있는 채로 기절 상태가 된 은갈치는 배 안에 만들어진 수족관에서 유영하듯 떠 있었다. 제주바다의 갈치잡이는 얼레에 감은 낚싯줄에 여러 개의 바늘을 달아 물속에 넣어두고 물살에 따라 낚싯줄을 감았다 풀었다하며 갈치를 낚는 주낙법이어서 갈치의 비늘이 살아 있었다. 그래서 그 비늘의 눈부신 반짝임을 은비늘이라 부르고, 갈치를 은갈치라 부른다. 제주바다에서 낚이는 똑같은 갈치를 서해안에서는 그물을 이용해 잡는다. 서해안에서는 그만큼 물살이 약하고, 바다 속에 여가 없어 그물이 찢길 염려가 없었다. 그물은 한꺼번에 많은 수의 갈치를 잡을 수 있지만, 그물이 끌어 올려지면서 안에서 서로 부대낀 갈치는 은비늘을 잃는다. 비늘의 반짝거림을 잃어버린 갈치를 사람들은 먹갈치라 부르지만, 은갈치도 먹갈치도 종류는 같았다. 갈치가 잡히는 장소에 따라 잡는 방법이 다르고, 비늘의 상태에 따라 갈치의 이름이 달라졌다.

물고기는 죽으면 배가 뒤집힌다. 헤엄칠 때의 물고기는 배를 보여주지 않는다. 물고기가 배를 보인다는 것은 죽었다는 의미다. 그런데 침을 맞고 기절한 갈치는 마치 살아 있는 것처럼 머리를 위쪽으로 향한 채 은비늘을 빤짝이며 물결을 따라 유영하고 있었다. 은갈치는 육지로 운송되어 식탁에 오르기까지의 8시간에서 10시간을 그렇게 견디었다. 은비늘은 펄이 들어간 립스틱에서 자연스런 빛으로 살아나기도 했다.

물고기도 철이 있다. 달의 인력으로 음력 보름이 가까워오면 물고기를 비롯한 해조류의 살이 빠진다. 조개도 게도 껍질인 외피는 그대로지만, 속살이 없어지고 맛이 떨어져 조업은 대부분 이루어지지 않았다. 보름이 지나고 조금이 되었을 때 물고기들은 보다 활발하게 움직였고, 물고기의 맛이 살아났다. 육지의 농사만 철이 적용되는 것이 아니라, 바다 속에도 철이 있었다.

수영장 내에서 일어나는 모든 일들을 관리하는 이경에게 오늘은 중요한 날이었다. 새로운 수영강사들이 오는 날, 새로운 사람들을 만나는 일인데도 이경의 마음은 무겁기만 하다. 여전히 안개 속을 헤매고 있는 기분이었다.

수영장은 팀장을 중심으로 움직이고 있었다. 지하 3층 지상 4층의 건물 내의 수영장은 지하 1층에 있고 사무실은 지상 1층에 있는 때문이기도 했지만, 센터 내 수영장은 외딴 섬처럼 분리되어 있었다. 이경이 관리부장으로 발령을 받으면서, 섬처럼 분리되어 있는 수영장을 통합관리체제로 전환하기 위해 전체 회식을 하고 강사들을 감독하였다. 독립되어 있는 수영장을 센터 내에 편입시켜, 강사들을 통제하는 전체적 관리가 필요했다.

강사들은 출퇴근의 개념이 없었다. 출퇴근 규정이 있으나 지켜지지 않는 강사들의 출퇴근 시간을 감독하기 위해 근무시간 내 외출과 퇴근 시에는 반드시 사무실에 보고해 달라고 부탁하기도 했다. 관리자로서의 명령이 아니라 부탁이었다. 관행처럼 굳어진 강사들의 자율성은 관리의 어려움을 극명하게 드러내곤 했다. 수영장인 만큼 안전사고 예방을 위한 비상 대기자가 반드시 필요하였지만 이 역시 잘 지켜지지 않았고, 수영장에서 아이가 다쳐도 보고조차 잘 이뤄지지 않았다. 그런 여러 가지 폐단을 바로잡기 위해 이경은 팀장에게 끊임없이 부탁했다. 수영장 내 비상

대기를 하고 규정을 지키기 위해 안전관리 일지를 써서 보고하도록 했으나, 현장에서 비상대기 해야 할 강사들이 강사휴게실에서 잠을 자고 있었다.

이경의 선택과 결단이 필요했다. 선택과 결단이 필요한 시점에서, 강사들의 계약기간이 만료되었다. 센터와 강사들은 입사 시에 썼던 계약서를 서로 묵인하며 관행처럼 기간을 연장해 가고 있었다. 강사들은 새로 계약서를 쓸 때마다 급여 인상을 요구했다. 3개월 전 급여를 올리기 위한 한 방법으로 다시 계약서를 쓰지 않은 것을 빌미 삼아 강사들은 센터장을 고소했다. 이경은 이들의 고소취하를 위해 어쩔 수 없이 계약서를 다시 써야 했다. 급여를 인상하되 계약기간을 단기 3개월로 하여 강사들과 협의를 했다. 급여인상은 어쩔 수 없는 선택이었다. 강사들은 3개월 후 다시 급여 인상을 생각하는 모양이었다. 그러나 이경의 생각은 달랐다. 하루에도 수십 번의 선택이 필요하지만, 센터 운영을 위해 강사들에 대한 단호한 결단이 필요했다. 단체 행동에 대한 제재도 필요했다.

밤 열한시, 은수 휴대폰의 벨이 울렸다. 이경이다.

"나야, 재밌는 얘기 하나 해 줘."

이경인 오늘 하루를 어떻게 보낸 걸까? 한 동네에

서 태어나 어린 시절을 함께 보낸 이경이. 누구보다 살아있음 자체를 힘겨워 했던 이경이. 감정의 굴곡이 심해 늘 스스로를 힘겨워 하는 이경이 두 아이를 데리고 꿋꿋이 살아가는 것을 보면 늘 마음이 애잔했다.

"이경아, 물고기와 생선과 선어와 활어가 어떻게 다른지 아니?"

이경의 마음이 오늘 많이 힘든 모양이다. 마음이 너무 힘이 들면 전화를 하는 이경에게 은수가 해 줄 수 있는 일이 특별히 있지도 않았다. 이경은 체질적으로 술을 못 마셨다. 기껏해야 맥주 한두 잔을 마시고도 다음날이면 배가 아파하는 이경이었다. 이경에겐 가벼운 농담이 최고의 약이었다.

"무슨 소리야? 모두 물고기잖아?"

거침없는 이경의 대꾸였다. 기다리지 않는 것이 이경의 매력이기도 했다. 바로, 생각나는 대로 바로 내뱉는 이경이. 그래서 뭔가를 감추지 못하는 이경이. 그럼에도 불구하고 은수에겐 자신의 어려움을 말하지 않는 이경이.

"물고기는 살아있을 때, 적어도 바다 속에서 살아있을 때 물고기고, 일단 그물에 잡히고 나면 생선이 되는 거야. 식탁으로 가는 게 순서이기 때문이지."

"그럼 선어는 뭐고 활어는 뭐야?"

　이경이 목소리에서 힘을 빼고, 자신의 명랑함을 가장한 채 아이처럼, 순한 아이처럼 묻는다. 아마 분명히 한 손엔 휴대폰을 들고 한 손은 핸들에 올린 채 운전 중일 것이다.

　"선어는, 너, 생선회 좋아하지? 일단 회를 떠서 냉장고에 넣고, 12시간에서 24시간을 숙성시킨 거야. 그러면 회의 육질이 시원하면서 부드러워지거든. 특히 일본 사람들이 선어를 좋아해. 활어는 수족관에서 헤엄치는 큰 물고기들 보지? 감성돔이 보기 좋잖아. 색깔도 곱고. 언젠가 식탁에 오르긴 하겠지만, 일단 보기 좋으라고 넣어 놓는 전시용 물고기를 말하는 거지."

　"그래? 그럼 난 현재 무슨 상태지? 마치 푹 데친 시금치 같은데."

　이경이 자신을 시금치라고 한다. 그만큼 힘이 든다는 얘기일 텐데.

　"소금은 넣고 데쳤니? 소금 넣었으면 새파랗게 보기 좋겠네, 뭐."

　은수는 부러 모른 척 시치미를 떼었다. 요즘 이경을 보면 마치 가시를 세운 복어 같았다. 어떤 가시도 자신을 찌르는 가시는 없는데, 이경인 가시를 잔뜩 세우고 타인이 아닌 자신을 찌르고 있었다. 아무도 다가올 수 없도록 마음을 닫으면서 스스로 힘겨워 하는 이경이었다.

"이경아. 두 눈 딱 감고 애인이나 하나 만들어라."

농담처럼 애인을 만들라고 말하면서 은수는 마음이 아팠다. 오랫동안 이경을 지켜보면서도 이경을 위해 해 줄 수 있는 일이 없었다.

"애인? 애인 좋아하시네. 그러는 니가 하나 구해 주지?"

"이경아, 방법은 딱 하나밖에 없어. 니가 세운 가시들을 다 죽여."

"야, 그 가시가 내 매력 아냐? 가시 다 죽이고 나면 그게 나겠니?"

"문제는 그 가시가 너를 찌르니까 문제지."

"야, 이렇게 눈 내리는 날, 어떤 놈하고 허리가 휘어지도록 한번 안아봤으면 좋겠네."

"그러니까 가시를 죽이라니까."

"내가 무슨 까치 복어야? 고슴도치야? 왜 자꾸 가시, 가시 하는 거야?"

전화가 주는 편리함도 있었다. 직접 마주보고 이야기하는 것이 아니기 때문에 적당히 자신의 감정을 감출 수도 있었다. 은수에게 이경은 늘 시린 손가락이었다. 20년 전 이경이 결혼하겠다며 찾아왔을 때 이경을 말렸어야 했다. 그때 은수는 자신이 없었다. 이경을 책임질 수 있는 힘이 없다고 생각했다. 주방 보조로 일을 하는 은수 자신의 처지가 무기력하게 느껴져 이경을 보낼 수밖에 없었다. 은수는 늘 손에 얼음을 들고 살아가면서 가슴 한쪽은 이경으로 인해 더 시리고 아팠다.

이경 역시 모르는 바 아닐 것이다. 남편을 잃은 이경이 끝내 남편을 잃었다는 말을 자신에게 하지 않는 것을 보면, 그건 이경의 자존심이 아니라, 은수를 배려하는 마음이 아닌가 싶기도 했다. 이경의 결혼 생활은 그런대로 평안한 것 같았다. 이경의 소식을 1년에 한번쯤 들었지만, 늘 잘 지낸다는 소식이었다. 그런 이경이 최근 몇 년 사이 좀 더 자주 전화를 하는 것이다. 남편을 잃은 뒤부터였다. 그럼에도 불구하고 남편에 대해서는 아무 말도 하지 않는 이경이었다. 은수는 이경이 손만 뻗으면 가장 가까이에 은수 자신이 있다고 느끼지만, 이경은 은수에게 마음을 열지 않았다. 그렇다고 이경에게 먼저 다가설 수도 없었다. 눈앞에서 이경이 영영 사라질까봐 두려웠다. 그저 지켜보는 것으로 늘 자신의 쓸쓸함을 달래야 했다.

이경은 너무나 힘이 들면 전화해서 하는 말이 숨 넘어갈 만큼 재밌는 유머 하나만 해 줘, 였다. 그래서 은수는 손님들이 하는 유머를 새겨듣곤 했다. 이경에게 해 줄 수 있는 유일한 위로를 위해. 이경은 일행이 없으면 은수의 가게에 오는 법도 없었다. 누군가와 함께 와서 은수를 친구라고 소개하고, 식사를 하고 가는 이경이었다. 이경과 함께 오는 누군가에게 일일이 관심을 두었다간 자신의 심장이 터질 것 같았다. 이경의 상대에게 관심을 두지 않은 채, 이경을 위해 회를 뜨고 고추냉이를 새로 갈아 올려주는 것이 은수가 이경을 위해 해줄 수 있는 마음이었다.

11월 20일, 강사들의 계약 만료일이 12월 31일이므로 이경은 새로 계약할 내용을 강사들과 협의하였다. 연봉제의 형태로 지급하였던 강사료를 성과급제로 바꾸자고 제안하였다. 1년 중 딱 1개월 흑자가 발생하는 8월이면 단체로 찾아와 급여 인상을 요구하며 단체 행동을 하는 강사들의 기본 의식을 바꿔야 했다. 습기에서 물이 묻어나듯 천천히 강사들의 근무 방식을 바꾸고 일방적 급여인상이 아닌 매출 목표가 달성되었을 때, 성과급을 지급하는 형태로 경영환경을 개선하려 하였다.

성과급 지급 방식으로 바뀐 계약서 앞에서 강사들은 코웃음을 쳤다.

"광주시내에 강사들이 있는 줄 알아요? 어디 한번 맘대로 해 보시죠. 우리 세 명이 그만 두면 나머지 강사들까지 다 그만 둡니다."

수영에 대해, 수영장 운영에 대해 문외한인 이경은 따로 방법이 없었다. 새로 강사들을 구하는 것보다는 이들과 함께 일하는 것이 쉬울 듯 싶었다. 그동안 한솥밥을 먹어왔으니, 새로운 사람들보다는 이들과 협상하고 싶었다. 다시 세 번의 협상이 더 있었지만, 이들은 계속 코웃음을 쳤다. 이경은 늘 자신이 관리자의 위치에 있기는 했지만, 강사들과 마찬가지로 근로자라고 생각했다. 직장을 가지는 것도 생활을 하는 것도 일정 부분 근로자가 사업주에 비해 약자라고 생각했다. 그래서 가능하면 이들과 협상하고 싶었다.

"계약서를 다시 쓰지 않았으니, 계약은 그대로 유지되는 것 아닌가요?"

김 강사는 3개월 전에 다시 썼던 계약 내용을 생각하는 것이 아니라 5년 전 처음 계약서를 쓰고 관행처럼 일해 왔던 방식에 대해 말하고 있었다. 이경은 강사들의 계약서 내용을 다시 확인하였다. 12월 31일에 만료가 되는 계약 내용에도 불구하고, 김 강사는 계약서를 다시 쓰지 않았으니, 계약은 그대로 유효한 거라고 큰소리치고 있었다. 그러나 이경은 이미 한 달 전에 계약을 다시 하자 통보한 상태였다. 그동안의 급여 형태가 백퍼센트 연봉제 형태의 월급제였다면, 새로운 계약은 성과급 형태로 가겠노라고, 성과급의 정확한 선까지 제시한 상태였다.

문제는 여러 가지가 있었다. 수영장은 위탁 운영되고 있었기 때문에 2년에 한번씩 다시 위탁을 받아야 했다. 강사들의 계약기간 만료와 함께 위탁기간이 만료가 되기도 했다. 잡음이 인다면, 위탁에 악영향을 미칠 것은 분명했다.

김 강사는 맨발에 슬리퍼를 신고 두 다리를 쫙 벌린 채 의자의 등받이에 최대한 몸을 기대고 앉아 두 손을 계속 흔들어 댔다. 맨 발에 슬리퍼를 신고 두 다리를 흔들어 대면서, 장갑을 낀 손까지 흔들어 대니 이경은 정신이 없었다. 김 강사의 행동에 신경이 쓰여 집중을 할 수 없었다. 이경이 강사들을 부른 건 어쨌거나 그동안 함께 일을 해왔으니, 타협을 해보자 함이었다. 이경은 협상을 원했다.

"현재 수영장이 적자인 것은 알고 계시죠? 수영장 매출에서 전기, 수도, 가스요금과 여러분들의 수고비만을 계산해도 적자입니다. 영업이익을 낼 수 있는 방법을 찾아보자구요."

이경은 함께 일해 보자 설득하였다.

“수영장이 적자인 것은 우리들 일이 아니죠. 우리
는 열심히 일했어요.”

강사들과의 협의는 이루어지지 않았다. 서로의 거
리를 좁히기가 쉽지 않았다. 이경은 관리자로서의 자
신과 근로자로서의 자신 앞에서 아득했다. 입장 차이
인 걸까? 이경 자신은 관리자이기에 앞서 근로자였
다. 자신이 급여생활자인 때문이었다. 두 명의 아이
를 혼자 키우는 이경에게 한 달 급여는 사실 너무 적
었다. 고3, 고1 두 명의 아이들을 키우면서 생활하는
이경에게 급여액은 늘 숨이 막혔다. 그럼에도 불구하
고 뚜렷한 대안이 없었다. 업계의 상황뿐만 아니라,
이제 마흔이 넘은 여자에게 녹록한 일자리는 없었다.
사회는 여성들에게 맞벌이를 요구하고, 맞벌이만이
여성의 인권신장인 양 떠들어 대지만, 사실, 전문분
야가 아닌 이상 여성들이 할 수 있는 일은 단순 노무
직이 대부분이었다. 파트타임의 아르바이트와 계약
직, 음식점의 서빙, 설거지, 청소 등이 대부분의 여성
들이 할 수 있는 일이었다. 주부들이 간단하게 선택
할 수 있는 대표적 일자리에 보험 영업이 있지만, 영
업이 말처럼 쉬운 것은 아니었다.

“계약서를 안 썼으니까, 우리는 계속 근무할 거예
요. 예전에도 안 쓰고 계속 일했잖아요. 우리가 고소하

니까 다시 써 줬죠? 우리 이번에 다시 고소할 겁니다."

김 강사는 되풀이했다. 매출 목표를 좀 더 낮추어 제시하려던 이경은 아득했다. 강사들의 근무 형태를 좀 더 긍정적으로 바꾸고 싶었던 것은 이경의 욕심이었나 보다. 이경에게도 강사들에게도 중요한순간이었지만, 강사들의 태도는 변함이 없었다.

"계약 기간은 12월 31일로 종료됩니다."

김 강사의 말을 받는 이경의 어투에서 짜증이 묻어났다. 이경은 숨을 고르고 참고 있었다. 강사들은 다시 고소를 생각하는 모양이었다. 근로기준법상의 고소. 근로기준법은 근로자를 보호하기 위해 만든 기본법이기도 했다. 그러나 이들은 그 근로기준법이 자신들을 옥죌 수 있다는 사실을 모르고 있었다. 자신들이 올리기로 한 매출 목표는 어디로 갔는가? 자신들은 자신들의 입장에서 근로기준법을 말하고 있지만, 자신들이 직접 서명한 계약기간과 근무 형태와 매출 목표를 간과하고 있었다.

"광주시내 좁아요. 광주시내에서 수영강사 구할 수 있을 것 같아요? 사람 없어요. 우린 계속 일하고 싶으니까, 일 못하게 하면 접수대 앞에서라도 그냥 서 있을 거구요. 일 못하게 했다고 고소할 거니까 알아서 하세요."

김 강사의 협박성 얘기 앞에서 이경은 홀로 아득했다. 저들과 일을 해보려고 협상하려 했던 자신이 더 미웠다.

"고소면 모든 게 다 해결되는 걸로 아시나 봐요."

이경은 애써 웃고 있었다. 머리끝까지 화가 치밀어 올랐지만, 참았다. 이들은 근무를 하면서 두 번의 고소를 했다.

"그럼요. 우리 편은 노동법밖에 없잖아요."

누가 그랬던가. 법이 없는 사회가 가장 이상적인 사회라고. 법 없이도 살 수 있는 사람이라는 말은 잘못된 거라고. 그런 사람이야말로 법으로 보호해야 하는 거라고.

"말씀하신 것처럼 광주시내 좁습니다. 어디 마음대로 해 보세요. 회사는 방법이 없어서 그냥 그대로 여러분들 의견 다 들어 주는 건지 아시나봐요?"

사람살이가 어디 법만으로 해결되는 문제던가. 사람살이의 기본은 법이 아니라 인간적 관계였다. 그런데 이들은 근무를 하면서 사업주를 두 번씩이나 고소했다. 그러면서도 그런 사업장에서 끝까지 일을 하겠다는 이들의 속내를 이경은 이해할 수 없었다.

"오늘 12월 26일이구요. 계약은 12월 31일자로 끝납니다."

이경은 계약기간을 다시 확인하고 자리에서 일어났다. 더 이상 협상의 여지가 없었다. 차라리 법적 대응을 준비하는 것이 나을 듯싶었다.

강사들은 각자의 입장과 이해에 앞서 전체적 운영 상황을 인식하지 못하고 있었다. 월급여가 자신의 노동의 대가에 앞서 자존심이기도 하겠지만, 수영장이 문을 닫으면 자신들의 직장이 없어진다는 생각 자체는 안중에 없는 것 같았다.

수영장은 벌써 몇 년 째 적자 운영되고 있었다. 수영장의 수지 계산법은 간단했다. 월 등록 인원에 수영장의 레인수를 나눠보면 이익인지 적자인지 간단히 알 수 있었다. 매월 천여만 원씩 적자가 발생하는 상황에서 1년 중 딱 한 달, 8월엔 영업이익이 발생했다. 그러나 그 이익마저도 올해엔 지난해 매출에 대비 오히려 낮았다. 그럼에도 불구하고 강사들은 영업이익이 발생하는 한 달을 기준으로 강사들끼리 연대하여 급여인상을 요구했다. 급여인상이 안 되면, 근로기준법의 조항들에 맞춰 고소하겠다, 계약기간은 세 명이 끝나지만 우리가 그만두면 나머지도 다 그만둔다, 맘대로 해라, 강사 다섯 명이 연대한 일방적 요구 앞에서 이경은 아득했다. 시간이 없었다. 4일. 4일 후면 단 한 명의 강사도 없다. 새로운 강사들을 구하기엔 턱없이 시간이 부족했다.

계약기간이 31일에 끝난다는 사실을 확인한 강사들이 회원들을 움직이기 시작했다. 이경에게 단체로 회원들의 항의가 이어졌다.

"당신 참 독하요. 가족 같은데, 동생 같고, 조카 같은데, 당신이 직원들을 자르려 한담서? 멀쩡한 직원들을 잘라야 하겠소? 다시 불러다 이야기를 해 보시오. 강사들은 근무하고 싶은데, 당신이 일방적으로 자르려 한담서요. 먼 여자가 저렇게 독할까. 그라면 못써. 세상 혼자 살간이. 이번 방학에 아이들을 보내려 했는데, 보내지 않겠소. 우리 모두 수영장을 한꺼번에 옮길 테니 두고 보시오. 우린 강사들을 따라 갈 거요. 여기가 위탁으로 운영되는 곳 맞제. 공식적으로 서명지를 돌려 강사들을 자르지 못하게 할 거요. 민원을 내겠소. 요즘 인터넷이 얼마나 무서운 건지 모르는 모양이요."

회원들은 이경을 찾아와 항의했고, 일일 매출은 급격히 떨어졌다. 회원들까지 동원하여 근무를 계속하려는 강사들을 오히려 이해할 수 없었다. 마음이 급한 건 회원들이 아니라 강사를 구해야 하는 이경이었지만, 이경은 버티기로 했다. 지금 이 순간 강사들에게 한발 물러서면 섬처럼 분리되어 있는 강사들의 근무 형태를 도저히 바꿀 수 없을 것 같았다.

은수는 방금 배달된 갈치를 들어올렸다. 아침에 텔레비전의 화면에서 보았듯 갈치는 여전하다. 물속에서 유영하듯 가만히 숨쉬고 있다. 은수는 도마 위에 갈치를 올렸다. 장갑을 낀 왼손으로 가볍게 갈치의 머리를 누르며 오른손에 든 칼로 갈치의 은비늘을 살짝 긁어냈다. 몸을 곧게 편 갈치의 씨알이 굵다. 갈치의 머리를 두고 목에서 꼬리까지 한칼에 쭉 훑듯 포를 떠낸다. 다시 갈치를 돌려 한 칼. 두 번이면 족하다. 단 두 번의 칼질로 갈치의 포가 완벽하게 떠진다. 갈치는 자신도 모르는 사이에 자신의 몸통을 통째로 잃었다. 그럼에도 불구하고 갈치는 아무것도 느끼지 못한다. 마른 행주에 칼날을 닦아낸다. 도마엔 꼬리뼈까지 앙상한 뼈대가 달린 갈치의 머리만 남았다. 매끈하다. 행주로 도마를 깨끗이 닦아낸다. 단 두 덩이의 살로 남은 갈치 살을 저며 가며 썬다. 얇게 썬다면 양은 많아 보이지만, 맛은 떨어진다. 칼질을 할 때는 오로지 칼날에만 집중한다. 아니다. 칼날이 아닌 생선에 집중한다. 생선의 상태를 이해하는 것, 그것이 가장 중요하다. 칼질의 비결은 적당한 두께를 두고 칼질을 하되, 양이 많아 보이도록 하면서 맛을 살리는 것이다.

오늘 예약 손님은 건설사의 단체 손님이다. 잘 저민 갈치의 속살처럼 다들 매끈한 모습이다. 은수는 뼈로 남은 갈치를 꼬리 쪽에서부터 말아 머리를 세워 무채를 깐 접시에 올린다. 갈치의 머리가 완벽한 장식이 된 접시 위에 갈치 살을 올리기 시작한다. 주방에서 잔심부름을 하며 일을 배웠던 은수. 처음 칼을 잡던 날, 3년 만에 처음 칼을 잡던 날을 은수는 잊을 수 없었다. 일을 배우며, 모두 퇴근하고 아무도 없는 주방에서 주방장의 칼을 잡아 본 다음 날이면 어떻게 된 일인지 주방장은 불같이 화를 내곤 했다. 은수가 칼이 있던 그 자리에 있던 모습 그대로 꽂았지만 주방장은 귀신처럼 알았다. 누군가 자신의 칼을 만졌다는 것을.

광어도 돔도 갈치도, 생선을 만지기 전에 은수는 10분 쯤 얼음을 쥐었다가 놓았다. 36.5도인 사람의 체온은 생선회의 맛을 잃게 했다. 생선회의 맛을 살리기 위해, 생선의 온도에 자신의 온도를 맞추었다. 회의 맛은 살아있을 때의 육질을 그대로 살린 쫀득쫀득하게 씹히는 맛이 필요했다. 생선을 미리 잡아 숙성시키는 방법이 있긴 하지만, 한국 사람들은 바로 잡아 육질이 살아있는 맛을 좋아한다. 잡은 뒤 냉장고에서 차게 숙성시켜 시원해진 선어의 맛이 아니라 쫀득한 맛과 함께 생선 고유의 시원함이 느껴지는 맛을 원했다. 상에 올리는 회의 맛을 시원하게 유지하는 방법은 인위적인 어떤 방법이 아니라 사람의 손끝이 최소한으로 닿게 하는데 그 비결이 있었다. 살아 있는 생선을 자꾸 만지는 것으로 생선은 이미 스트레스를 받기 시작한다. 스트레스를 받은 생선은 살이 질겨지면서 푸석해진다. 또한 손길이 간만큼 생선살의 온도가 오르게 된다. 생선살의 온도를 낮추기 위해 최소한의 손길로 만지는 것은 물론이고 생선을 만지기 전 얼음을 쥐고 손의 온도를 낮추는 것으로 회의 신선도를 높이는 은수. 이젠 얼음을 만지지 않아도 은수 손의 온도는 다른 사람들보다 2도 정도 낮았다. 그렇기 때문에 늘 손에 얼음이 든 듯 손이 벌갰다. 누군가를 만나 악수를 할 때에는 얼음을 쥐었던 때와는 반대로 미리 손을 열심히 비벼서 체온을 올리고는 했다.

이경과 함께 오는 사람들은 다양했다. 어떤 사람 앞에서는 유난히 말을 많이 하며 즐거워했고, 어떤 사람 앞에서는 그저 예, 조용한 대답으로 일관했다. 지난번 은수의 가게에 왔던 이경은 상대에게 간곡히 부탁하고 있었다. 수영 강사들을 소개해 달라고, 도와

달라고 부탁하고 있었다. 부탁이라면 죽기보다 싫어하는 이경이 그렇게 간절하게 부탁하는 것을 보면 사태의 심각성이 느껴졌지만, 은수는 뭐라 말을 건넬 수도 없었다. 어쩌면 이경은 변해 가고 있었다. 센터로 자리를 옮긴 후, 이경은 사람들 앞에서 온전하게 자신을 드러내지 않는 것 같았다. 해맑게 웃는 것이 전부인 양하면서도 마음 깊이 쓸쓸함을 감추고 있었다. 은수는 쉴 곳이 필요하면 언제든 이경이 찾아와 주길 바랐으나, 전화로 유머를 요청하는 것이 전부였다.

은수가 믿는 것, 자신이 드는 칼이 물고기를 죽이기 위한 것이 아니라, 소중한 것을 지키기 위한 것이라고 믿는 마음 가운데 이경이 있었다. 이경의 무엇을 지켜주고 싶은 걸까? 은수는 안다. 관계란 결코 일방적일 수 없음을. 서로 주고받는 것이 관계임을 안다. 사랑도 마찬가지다. 그런데 이경 앞에서는 아무것도 통하지 않았다. 이경의 마음을 얻기 위한 무엇이 아니라, 무엇이든 주기 위해, 주고 또 주기 위해 이경 앞에 서 있었지만, 이경은 아는지 모르는지 자신을 온전히 드러내지 않았다. 이경과의 관계는 무엇일까? 사랑이라 이름 짓기 위해 이경의 전화를 받는 것은 아니지만, 이경의 전화 뒤엔 반드시 은수 자신의 쓸쓸함이 묻어났다. 물이 흐르듯 사람이 숨을 쉬

듯 자연스럽게 느끼며 흘러가고 싶은 은수의 마음에 이경의 쓸쓸함은 상처 난 손을 짠물에 담그듯 늘 쓰라렸다.

이경이 5시 30분에 출근하기 시작한 지 15일째. 익숙해질 만도 한데, 새벽에 출근하는 것은 여전히 어렵고 힘이 들었다. 스커트가 중심을 잃은 채 휘휘 돌아간다. 15일 만에 체중이 3킬로그램이 줄었다. 그럼에도 불구하고 이경은 센터의 모든 일에 민감하게 반응하고 있었다.

휘리리, 휘리리, 휘리리, 휘슬이 울린다. 이경이 앉아 있는 1층 사무실은 수영장이 있는 지하 1층과 배기관이 연결되어 있었다. 그래서 날씨가 흐린 날이면 특히 더 수영장의 소리가 크게 들려왔다. 휘슬은 휙, 휙, 단절음으로 끊어져야 하는데 새로 온 강사는 휘리리, 휘리리 소리가 연결되어 울린다. 초보다.

수영 강습은 일반적으로 50분씩이다. 강사의 역할은 인원 체크에서 회원들 각자의 기능들을 파악하여 보완하고, 새로운 기능을 익히도록 도와주는 것이다. 수영장에서 강사의 한마디는 수영장 내의 전체 분위기를 이끌어가는 것이기도 했다. 강사를 구하기 힘들었던 만큼 여러 곳에 부탁하고 요청하여 시내 팀장급의 경력강사들이 새로 왔고, 강습이 처음인 강사도 왔다. 처음은 신선함이라지만, 그 신선함이 어울릴 수 있는 자리는 따로 있다. 초보 강사에게도 훈련이 필요하다.

이경은 수영장으로 내려갔다. 이제 풀 밖에서 물빛을 보는 것만으로도 물 상태를 알 수 있지만, 물 상태 확인을 위해 수영복을 입고 직접 물속으로 들어갔다. 수경을 쓰고 잠수를 한다. 30초 쯤 물속에서 눈을 뜨고 물 상태를 확인한다. 최고다. 마음까지 맑아진다. 25M 레인의 이쪽 끝에서 저쪽 끝까지 한눈에 보인다. 파란색. 에메랄드 빛 하늘을 옮겨놓은 것처럼 맑고 투명하다.

이경은 온몸의 힘을 빼고 물에 몸을 띄웠다. 가볍게, 더 가볍게 힘을 빼는 것. 있는 듯 없는 듯 가볍게 몸을 움직이는 것. 물결을 타고 넘는 법을 배우는 것이 수영을 잘 하는 비결이다. 자유형으로 두 바퀴를 돌고 숨을 골랐다. 아직도 팔 돌리기가, 숨쉬기가 벅차다. 물고기처럼 물과 하나 되는 자연스러움이 이경의 몸에 배려면 얼마의 시간이 흘러야 할까?

은수는 지금쯤 뭘 하고 있을까? 생선회의 질은 생선이 가진 고유의 신선함에 있다지만, 은수의 손끝에서 다시 결정되는 생선회의 맛처럼, 이경은 좀 더 산

뜻하게 일도 사랑도 잘 해보고 싶었다. 어린 시절부터 지금까지 말없이 지켜봐주는 은수. 쉽게 은수에게 다가서지 못하는 것 역시 늘 말없이 지켜봐주는 은수의 마음을 너무 잘 알기 때문이기도 했다. 이경에게 은수는 다가서면 부서져버릴 것처럼 생각되었다. 그저 은수가 늘 그 자리에 있음으로 편안했다. 달을 보며 소원을 꿈꾸듯 적당한 거리를 두고 마음을 기대고 싶었다.

각 레인별로 강습도 활기를 띠고 있었다. 상급반에서 발에 오리발을 끼운 채 다이빙을 한다. 푸른 바다에서 하늘을 향해 튀어 올랐다가 바다에 온몸을 날리는 돌고래의 몸짓처럼 유연하다. 색색의 무늬가 현란한 수영복을 입은 회원들이 물에 뛰어든다. 강사의 기합 소리에 맞춰 물에 뛰어드는 회원들을 보며 이경은 줄의 맨 끝에 다가가 섰다. 꼭 배우고 싶었던 다이빙이었다. 세상을 향해 좀 더 유연하게, 물고기가 헤엄치듯, 자연스럽게 세상의 파도를 타고 넘고 싶었던 이경이었다. 강사가 받쳐주는 손을 지지대 삼아 체중을 실은 채 풍덩, 다이빙이 아니라 배치기 수준으로 뛰어 들었다.

"발 구르지 마세요. 다쳐요!"

물에 뛰어들며 몸보다 마음이 앞서 발을 구른 이

경에게 강사가 소리쳤다.

"자꾸 다이빙을 하다 보면 자신만의 각도가 나옵니다. 천천히요. 천천히 배우세요."

주의와 격려를 함께 할 수 있는 수영 팀장의 노련함 앞에서 이경은 은수를 생각하며 웃었다. 좀 더 시간이 지나면, 뛰어들기를 수없이 반복하다보면, 조만간 누구의 도움도 받지 않은 채로 구름판에서 도움닫기를 해 뛰어 올라 뜀틀을 넘듯 가볍게 물에 뛰어들 것이다.

은수가 만들어 주는, 은수가 말없이 받쳐 주는 마음의 지지대가 이경이 기댄 지지대였다. 손안에 들어온 물을 온몸에 힘을 주고 움켜쥐는 것이 아니라, 자연스럽게 놓는 것이 앞으로 나가는 힘이란 걸 이경은 안다. 은수에게 말하지 않아서 좋은 것, 모른 척하는 것, 물을 손에 쥘 수 없으나, 그 물결을 타고 넘듯 은수를 향한 자신의 마음을 내맡겨 볼 참이다. 흐르는 물처럼 자연스럽게 물을 향해 나아갈 것이다.

기초반에서는 약속이나 한 듯 모두 검정색 수영복을 입고 발차기를 배우는 중이다. 사람들의 심리는 모두 비슷한 것인지, 기초반에 오는 사람들의 대부분은 무늬 없는 검정색의 수영복을 입었다. 검정색이 날씬해 보인다는 이유인지도 모른다. 기초반에서 초

급반으로 중급반으로 상급반 고급반을 거쳐 연수반
이 되는 동안 수영복의 색깔이 변했다. 수영복의 색
깔만으로도 수준을 알 수 있을 정도였다. 같은 색의
수영모를 쓰는 것으로 자신들의 반을 알리고 연대감
을 형성하는 것은 물론이고, 수영 후 사우나실 이용
까지도 같은 반을 중심으로 움직였다.

연수반에서는 모두 빨간색 무늬의 수영모를 쓴 채
응용 동작을 배우느라 애쓰고 있다. 킥판을 머리에
인 채 평영을 한다. 몸의 중심을 자연스럽게 물에 맞
추고 물에 기대어 물결을 타넘는 것이다. 수영을 시
작한 지 최소 5년에서 10년 이상 된 회원들에게 새로
운 동작을 기술로 가르친다기보다 게임처럼, 운동의
즐거움을 느끼면서 배울 수 있도록 배려하는 강사의
노련함과 기교다. 연수반의 대부분이 60~70대의 어
머니들이면서도 레인을 서른 바퀴쯤 도는 것이 기본
이다. 간신히 레인 두 바퀴 돌고도 숨을 헐떡거리는
이경 앞에서 어머니들의 지구력은 놀라웠다.

강사들이 한꺼번에 바뀌었지만, 회원들은 단기간
에 적응해 가고 있었다. 강사가 바뀌면 환불하겠다
고, 환불해 달라고 큰소리치던 회원들도 새로운 강사
들 앞에서는 언제 그랬냐는 듯 조용했다. 잊혀지고,
익숙해지는 것이다. 수영장에서 하루일과를 시작하

는 주부들이 대부분인 수영장은 곧바로 예전의 상태로 돌아갈 것이다. 회원들에겐 관심이 필요했다. 그동안 강사들과의 관계뿐만 아니라, 회원들의 불만과 민원도 힘이 들었던 이경이었다. 사소하지만, 자신이 불편한 것은 참지 않는 사람들. 그런 사람들을 향해 눈을 마주치는 것만으로도, 손을 한번 잡는 것만으로도 불평이 줄어들었다. 그것이 관계였다. 관심을 가져주는 것, 겨울 찬바람을 뚫고 수영장에 오는 회원들을 향해 손을 마주잡고, 불만을 끝까지 들어 주는 것만으로도 불만의 절반은 이미 해결되었다.

늘 같은 상태로 관리되는 물이지만, 물 상태가 시시각각 바뀌듯 이경의 일과도 바뀌어간다. 활기 넘치는 수영장이, 한 방향으로 같은 몸짓으로 움직이는 회원들의 몸짓이 눈부시게 아름답다.

그곳이 어딘지

아줌마는 왜 저렇게 됐을까.

하고 싶은 말이 너무 많아서, 그 하고 싶은 말을 다할 수 없어

타인이 아닌 자기 자신에게 끊임없이 홀로 말하는 것은 아닐까.

순식간이었다. 하늘이 검어지며 한여름 소낙비가 쏟아졌다. 비는 동글동글한, 작은 물거품을 만들어 내며 지면에 끓어오르듯 흘러갔다. 비가 쏟아지면서 물거품과 함께 매캐한 흙냄새가 피어올랐다.

미숙은 엄마 곁에 누워, 빗줄기를 바라보며 흙냄새를 맡고 있었다.

"야야, 옛날에 어쩌다 남편이 일찍 죽은 청상과부가 있었니라. 아이들은 여럿인데, 어찌 그리 먹고 살기도 힘들었던지. 그 에미가 아이들만 두고 집을 나가려고 보따리를 쌌다는구나. 근데 가려거든 애들이 없을 때 조용히 갈 일이지. 애들 한번이라도 더 보고 가려고 그랬는지, 어쨌거나 애들 앞에서 집을 나가려

했었나 보더라. 그래 애들이 엄마를 붙들고 어찌나 우는지, 결국 포기하고 앉아 바느질을 했었다는구나. 아이고 그 무정한 잠. 잠이란 게 무정도 하지. 아이들은 울다가울다가 엄마 곁에서 시나브로 잠이 들면서도, 엄마가 떠날까 두려워 엄마 옷고름을 잡고 잠이 들었다는구나. 그런데 하필이면 가위는 또 왜 그 자리에 있었는지. 글쎄 에미가 가위로 옷고름을 싹둑 자르고 집을 나갔다는구나. 그 에미 잘 살았으끄나? 어디가서 제 한 몸 입에 풀칠이나 하고 살았는지 누가 알겠냐마는, 바느질 중이었으니 바늘 가는데 실 가는 법으로 가위가 있었겠지. 그 가위가 없었으면 새끼들 안 버렸을라나.”

엄마는 어린 미숙을 곁에 두고 바느질을 하며 읊조리듯 옛날이야기를 했다. 아마 미숙이 엄마 곁에서 옛날이야기를 해달라고 졸라서였을 테지만, 몇 살 때였는지는 기억에 없는 그날의 엄마 이야기는 미숙에게 잊혀지지 않는 장면이었다.

왜 그날의 기억이 그리 선명한지. 한동안 잊고 살았던 그 풍경이 결혼을 하고 아이를 낳으면서 어느샌가 다시 떠올라 미숙에게 잊혀지지 않는 상처로 남아 있었다.

남자가 방문을 닫는다. 분명 내 호적에 남편이라
는 이름을 가진 남자, 용재. 오늘 미숙은 저 남자와
자지 않을 것이다. 아니, 자지 않으려고 스스로 다짐
하고 있었다.

"또 풀밭이네. 이래가지고 어디 힘쓰겠어?"

아이들보다 오히려 남편의 반찬 타박이 심하다.
들어오는 날보다 안 들어오는 날이 더 많은, 사실 지
금 저 남자는 잠자리만을 원하고 있다. 그의 부름에
응한다면 그의 태도는 단박에 달라질 것이다. 저녁
식사를 하면서 남자가 은근한 눈빛을 보였지만, 미숙
은 그의 눈길을 무시하고 밥맛도 모른 채 밥을 우적
우적 먹고 있었다. 언제부턴가 그를 견딜 수 없었다.
남자의 눈빛이, 남자의 손길이 미숙에겐 마치 뱀이
자신을 휘어감고 목을 조르는 듯한 느낌이었다. 남자
아이들이 막대기에 둘둘 말아가지고 다니며 장난치
며 가지고 놀다가, 결국은 누군가의 돌맹이에 맞아죽
곤 하던 뱀. 화사花蛇. 꽃뱀이라고 불리던, 푸르거나
붉은 무늬가 있는 그 뱀들은 아이들에게 생명이 아닌
장난감 또는 죽여야 할 존재였다. 막대기에 대롱대롱
매달리거나 돌에 맞아 몸이 으깨진 채 나뒹굴던 그
뱀처럼, 보는 것만으로도 몸서리쳐지는 남편. 온기가
아닌 냉기를 지닌 뱀처럼 남편이 느껴지기 시작했을

때가 남편에게 처음 여자가 생겼을 때였는지, 도박판에서 날을 새느라 들어오는 날보다 안 들어오는 날이 많을 때였는지, 도박으로 집이 압류가 되었을 때였는지 이젠 기억도 없다. 잊지 않으면, 남편에게 거리를 두지 않으면 맨 몸으로 거리에 나가 뛸 것 같은 느낌 때문에 한사코 잊으려 애쓰면서 살아왔다. 그런데 무엇이, 저 남자에게 남자로서의 욕망을 끊임없이 불러 일으키는지 알 수 없다.

"오늘은 서비스해 줄랑가?"

은근한 목소리로 다가오는 남편에게 생각만으로도 진저리를 치며 누웠다. 어차피 치러야 할 일이라면, 그래 견뎌보자는 심정이었다. 집에 들어오는 날이면 어김없이 잠자리를 요구하는, 쳐다보기도 싫은 남편의 말에 미숙은 대꾸도 하지 않았다. 미숙의 동의나 감정 따윈 생각하지도 않는 남편은 혼자 흥분해 어느새 미숙의 옷을 벗기고 있었다. 무릎께까지 미숙의 팬티를 벗겨 내리고 무조건 미숙에게 삽입했다. 미숙이 뭘 느껴보기도 전에, 섹스는 끝났다. 비릿한 정액을 미숙에게 흘려 놓은 채로 남편은 잠이 들었다. 전희나 후희 같은 것은 상상도 할 수 없는 남편. 한결같이 섹스를 요구하면서도 단 한번도 미숙의 감정을 헤아리지 않는 남편. 어쩜 저럴 수 있는지 모르

겠다. 섹스가 끝날 때마다 남편에게서 느끼는 모멸감
은 더욱 커졌고, 남편을 죽이고 싶은 마음이 더 간절
해졌다. 하지만 미숙은 자신의 옷고름을 스스로 자르
고 싶지 않았다. 그럴 수는 없었다.

남편이라는 이름으로, 아버지라는 이름으로 그가
존재하는 이 집에서 한시라도 빨리 나가고 싶다. 그
나마 시숙의 도움으로 상하방이나 다름없는 달랑 방
두 칸짜리 임대아파트에 간신히 다섯 식구가 이사를
했을 때, 고등학생 딸아이는 자신의 말문을 닫았다.
아버지에 대한 나름의 반항이었을 것이다. 살던 집에
압류가 들어오고 경매가 진행되는 동안 미숙이 할 수
있는 일은 없었다. 이십여 년의 결혼 생활이 가져온
것은 세 아이와 도박 빚뿐이었다. 그저 질긴 목숨의
끈을 놓고 싶었다.

"급식비 입금 안 되었대요."

얼굴을 찌푸린 채 제 할 말은 그 뿐인 양 퉁명스러
운 딸아이에게 네 아빠한테 말해, 하려다가 한 호흡
숨을 멈췄다가 다시 쉬었다. 학교에 가는 딸아이를
붙들고 아침부터 남편과 실랑이를 하고 싶지 않았다.

"애 급식비도 안 주고 뭐 했는가? 대체 살림을 어
떻게 하는 거야?"

"……"

돈이 있어야 주지. 남편도 알고 있을 것이다. 매달 매달 자신의 빚잔치 하느라 돈이 없어 아이 급식비도 못 내고 있다는 걸. 그런데도 늘, 언제나 이런 식이다. 마치 일부러 그러는 듯, 미숙이 돈을 어딘가에 감추고 안 준다는 듯 딴청이다. 언제부턴가 고등학생인 큰딸은 돈 애기 외엔 할 말이 없나보다. 아침밥을 먹으며 지나가듯 한마디. 돈 주세요, 뿐이다.

내일이 보이지 않는다. 누구한테 부탁해 볼 만한 곳도 없다. 언제까지 이렇게 살아야 할까? 천만 원만 있으면 당장 급한 불을 끄고 행복할 수도 있을 것 같다. 천만 원. 천만 원만 있으면. 어쩔 수 없이 형님에게 부탁해 가불이라도 해야 할 것 같다.

남편의 형과 형수가, 미숙의 시숙과 미숙과 동갑인 형님이, 미숙이 일하는 식당의 사장 들이다. 남편은 둘째아들이었다. 남편과 연년생으로 한 살 많은 남편의 형은 요리에 관심을 보이더니, 직장을 그만두고 식당을 열었다.

창업은 아주 성공적이었다. 처음 가게를 열었음에도 불구하고 손님은 늘 미어터질 듯 많았다. 신도심에 부부가 함께 식당을 운영하면서, 아예 주 손님 타깃을 20대에서 30대로 맞춘 때문인지 손님들은 늘 한 시간 정도 줄을 서서 기다려야 할 정도로 호황이었다. 손님들의 여세를 몰아 인근에 분점을 내면서, 형님 부부는 미숙을 불러 식당을 맡겼다. 용재가 사고를 칠 때마다 그동안 나름대로 동생 가족들에게 신경을 써 왔던 시숙이지만 식당의 분점을 내면서 미숙에게 가족으로서 도와달라고 부탁을 했다. 미숙의 자존심을 덜 건드리려고 그랬을 것이다. 용재와 미숙이 어떻게 살고 있는지 뻔히 알고 있는 형님 부부였으니까.

"아줌마, 여기 쭈꾸미 1인분 추가요. 반찬도 좀더 주세요."

"아줌마, 여기 술 주세요."

"여기 밥 좀 비벼 주세요."

여기저기서 울리는 부저음에 답하며 아르바이트생인 김군을 불러 손님이 빠진 테이블을 빨리 치우고 기다리는 다른 손님을 모시게 했다. 식사가 끝난 손님을 눈치껏 빨리 내보내고 새 손님을 앉히기 위해서 더욱 빠른 서비스가 필요하다.

"많이 기다리셨죠? 뭘로 준비할까요?"

대표 메뉴이기도 한 쭈꾸미는 계절을 가리지 않고 손님들이 찾는 메뉴다. 쭈꾸미 흡반의 흡착력처럼 손님들이 빨려 들어온다. 각각 조리법을 달리하여 다른 재료의 음식과 어울려 나오는 다양한 메뉴의 쭈꾸미.

이른 봄은 그야말로 쭈꾸미의 철이기도 하다. 알을 가득 품은 쭈꾸미는 그 씹는 맛이 쫄깃하고 고소해서 더욱 인기다. 손님들의 요청에 따라 주방과 홀을 왔다갔다하며 정신없이 일하다보면 제대로 허리 한번 펴 볼 새가 없었다.

"사장님. 뭐 도와드릴 거 없을까요?"

K다. 지점 내에서 매달 1위를 놓치지 않는다는 K. 그러면서도 식당에 올 때마다 일을 도와주겠다며 앞치마를 두르고 손님들 시중을 들고, 다른 손님들을 데려오기도 하고, 회사 직원들과 회식을 하기도 하면서 미숙을 도와준다. 사장님, 하고 미숙을 부르는 K의 행동이 너무나 자연스럽다.

한가해진 틈을 타 K가 곧 마감이라며 보험 얘기를 흘리듯 꺼낸다. 미숙의 형편에 지금 당장 보험을 가입하기는 무리이다. 그럼에도 열심히 도와주는 K에게 뭐라 할 말이 없다. 하는 일이 보험이니 보험을 하나쯤 가입해야 할 것이다.

"사장님, 보장이 빵빵한 게 새로 나왔는데, 이번 기회에 가족 안심보험, 사장님 가족들 행복을 준비하시죠?"

보험을 가입하라고 직접적으로 말하지 않고, 가족

들 행복을 준비하라고 한다. 지금 당장 아이 급식비 내기도 어려운 처지인데, 언제 올지도 모르는 불행을 대비하라고 한다. 지금보다 더한 불행이 남아 있는 걸까.

"글쎄, 보험료는 얼마나 되는데요?"

"아니, 사장님. 보험료보다 보장을 먼저 생각하셔야지요. 이번이 기회에요. 단기 특화상품이거든요. 사장님께 맞춰서 잘 설계하겠습니다."

미숙에게 중요한 건 보장 금액이 아니라 매월 납입해야 할 보험료의 액수인데, K는 그마저도 피해 간다.

"사장님, 보험 많이 가입하셨죠? 증권 가져 오시면 보장 분석까지 해서 사장님께 딱 맞게 잘 설계하겠습니다."

"좀 어렵긴 한데, 남편 꺼 하나 생각해 볼게요."

증권을 가져오라니 갈수록 태산이다. 그동안 남편 도박 빚을 갚느라 생활비도 없어 아이 급식비도 내기 어려운데, 보험을 가입할 여력이 어디 있었겠는가. 있던 보험도 다 해약한 처지인데. 차마 보험이 하나도 없다고 말하기가 어려워 그냥 남편 명의로 하나 가입을 생각해 보겠다고 했다.

"사장님. 보험료 부담을 낮춰서, 원금 보장이 안 되더라도 보장금액을 크게 해 드리겠습니다."

K는 어쩌면 미숙의 마음까지 꼭꼭 헤아려 짚고 있다. 그동안 가게에 드나들었던 설계사들의 설명대로라면 그냥 없는 셈 치고 원금은 포기하고 보장을 높이는 것이 당장 부담을 더 줄이면서 보장도 커 더 이익일 것 같은 미숙의 마음을 K가 먼저 헤아려 말하고 있다. 저래서 K가 영업을 잘하는 모양이다.

남편에게 보험에 가입하자고 하면 뭐라고 할까. 실명제 강화로 본인이 모른 상태에서 보험을 가입하면 보장도 받을 수 없다는데. K에게서 청약서를 받아 든 미숙은 남편에게 어떻게 싸인을 받을지 고민했다.

남편은 미숙을 기다리고 있었다.

"왜 이렇게 늦었어?"

타박부터 하는 남편에게 돌아서서 옷을 갈아입고 샤워를 했다. 도박판에 가지 않은 남편이 미숙을 기다리는 이유는 단 하나뿐이다. 잠자리를 원하고 있는 것이다.

미숙은 모른 척 청약서를 꺼냈다.

"보험 같은 거 아무 것도 없는 거 알지? 이거라도 하나 가입하게 싸인해요."

"돈은 있는가? 애 급식비도 없다면서 보험은 무슨. 왜? 나 죽으면 돈 많이 나온다던가? 싸인하면 서

비스는 해 주나?"

청약서에 싸인하라는 미숙의 말에 남편은 빈정댄
다. 그러면서도 섹스는 포기하지 않는다.

"그래요. 싸인부터 해요."

미숙은 남편에게 볼펜을 건넸다. 남편이 싸인하기
쉽도록, K가 연필로 살짝 동그라미로 표시한 곳을 찾
아 미숙이 손가락으로 짚어 가며 알려줬다.

"진짜지?"

남편의 관심은 오직 하나다. 보험의 종류도 보험
료도 묻지 않는다. 오직, 당장 섹스를 할 수 있나 없
나만 묻고 있다.

"보험회사에서 전화 오면 싸인 직접 했다고 하고,
설명 잘 들었다고 하세요. 엉뚱한 소리 하지 말구요."

미숙은 남편이 청약서에 싸인을 하면, 오늘밤 몸
을 내 줄 참이었다. 한때 정말 좋은 시절도 있었다.
미숙의 퇴근 시간을 기다렸다가 함께 밥을 먹고 집에
바래다주던 때. 헤어지기 싫어 골목길 끝에서 몰래
나눴던 키스의 추억들. 남편 용재의 빛나던 시절. 혼
자 자취를 하면서도 늘 깔끔하게 다려 입던 와이셔
츠. 현장에서의 얼굴과는 어울리지 않을 정도로 하얗
던 얼굴, 미숙에게 용재는 밝은 햇살처럼 빛났다. 한
없이 다정했던 그가, 늘 다소곳했던 미숙이 어느 결

에서 이렇듯 막다른 골목 끝까지 와 있는 건가.

새벽 두시. 마감이다. 오후 세 시에 시작한 영업이 새벽 두 시에 끝난다. 일반적인 점심 식사 영업을 하지 않는 대신, 새벽까지 장사를 하는 틈새시장인 셈이다. 오늘 매출이 얼마일까? 손님 한 명당 얼마, 대략 단가 계산이 나온다. 빠른 테이블 회전을 위해 술보다는 오히려 주 음식 메뉴 판매율이 더 높다. 식사가 끝남과 동시에 자리를 비워 테이블당 회전율을 높이고 동시에 매출을 올려야 한다. 그래서 손님들의 술 주문이 반갑지만은 않다. 쭈꾸미에 곁들여 반주로 한 잔씩 마시는 것은 괜찮으나 아예 술을 마시려고 자리에 오래 앉아 있는 것은 매출에 별 도움이 되지 않는다. 시간과의 싸움이기도 하다. 사실은 아무리 매출이 높아도 정해진 월급 외에 미숙의 사정 따위는 고려되지 않는다. 미숙은 고용된, 그저 식당 아줌마일 뿐이다. 동서는 마감을 하면서 절대로 매출액을 공개하지 않는다. 앞치마를 두르고 정신없이 손님을 맞이할 때는 모른다. 생각 같은 것이 없다. 그런데도 매출 결산을 하는 동서의 태도를 보면 오히려 남보다 못하다. 매출이 떨어지면 모두가 미숙 자신의 탓인 것 같아 더 조바심이 인다.

슬슬 손님들의 자리가 정리된다. 동서가 들어선다. 마감 후 매출 확인을 위해 오는 동서. 수고했어요. 손위지만 다른 직원들을 고려하여 식당에선 말을 놓지 않는 동서다. 미숙을 짧게 일별한 동서가 식당을 무심한 듯 빠르게 둘러본다. 동서는 매출 집계를 내고 금고를 열어 돈을 헤아린다. 미숙은 주방을 정리하면서 카드전표와 현금을 헤아리는 동서의 뒷모습을 본다. 미숙이 모르는 본점의 상황과 분점의 상황이 동서의 눈엔 한눈에 보일 것이다. 동서인 형님에게 가불을 좀 해달라고 부탁을 해야겠는데, 입이 떨어지지 않는다.

수저 젓가락 소독까지 내일 장사를 위한 정리를 마치고, 앞치마를 벗는 미숙을 바라보며 동서가 말했다.

"내일 쉬죠? 내일 가게 집세 내는 날인데. 암튼 모레 봐요. 집에 별일 없죠?"

"그렇죠. 뭐……."

동서에게 가불을, 아이 급식비 얘기를 꺼내지도 못하고 말을 얼버무리고 말았다. 동서가 미숙에게 하고 싶은 말이 무엇인지 모르겠다. 내일 쉬는 미숙을 질책하는 건지, 매출이 줄어 한 달에 한번씩 내야 하는 가게세가 부족하다는 건지. 매일 살 부비고 사는 남편도, 남편의 형수이자 미숙에게 사장인 동서의 말도 점점 어려워진다. 같은 나라의 말을 하는 사람들인데도 점점 난수표의 암호해독과 같다. 암호는 분명 정확한 해독법이 있을 텐데, 이건 갈수록 미궁이다.

앞치마 주머니에 넣어 둔 휴대폰의 진동이 울린다. 부재중 전화가 여러 통 떠 있었다. 진동으로 설정된 휴대폰은 바쁠 때면 진동의 감을 잡을 수가 없다.

K다. 동서를 피해 조심스럽게 전화를 받았다. 아마 한잔 한 모양이다.

"끝났죠? 데리러 갈게요."

요즘 부쩍 전화가 잦아졌다. 새벽 두 시에 만나서 뭘 어쩌자는 건지. 대답을 망설이는데, 갈게요. 한마디 덧붙인 K가 전화를 끊는다.

언젠가부터 식당에선 깍듯하게 사장님으로 부르지만, 미숙에게 전화를 하면 미숙 씨로 부르고 있다. 앞치마를 벗고 옷을 갈아입었지만, 몸에 배인 음식 냄새는 어쩔 수 없다. 매콤한 냄새가 따라 다닌다.

"잘 지내죠? 출장이 좀 길어졌어요."

사실 K는 지점 내 영업 1위에 대한 회사의 부상으로 해외여행을 다녀왔다. 가족들과 함께.

미숙의 손을 잡은 K에게서 어렴풋한 술 냄새가 나는 것도 같다. 피곤하다. 빨리 집에 가서 쉬고 싶다.

"저……"

아이들이 집에 있을 텐데. 내일도 아이 급식비를 줄 수 없다면 어떻게 해야 할까. 남편에게선 기대조차 할 수 없는데. 아이에게 뭐라고 해야 할지. 왜 K를 본 순간 아이 급식비가 먼저 생각났는지 모르겠다.

"무슨 일 있으세요?"

말끝을 흐리는데 다시 K가 물었다.

"아뇨."

말을 하지 않아도 마음을 알 수 있을 때가 올까. 안다 한들 K에게 뭐라 할까. 기대한다는 자체가 너무 우스운 거 아닌가.

"집에, 가야 하나요?"

차라리 집에 가지 말라고, 그냥 둘이 함께 있자고 좀 더 적극적으로 말을 하면 좋겠다. 집에 가야 하나요, 물으면 대체 뭐라고 대답을 하라는 말인가. 예, 집에 가야죠. 아뇨, 같이 있을게요. 뭘 어쩌란 말인지. 사실은 두렵다. 같이 있다는 사실 자체가. 눈도 마주치기 싫은 남편이지만 어쨌거나 남편이 있고, 아이들의 눈도 두렵다. 그보다 더 두려운 건 그의 스킨십에서 남편이 떠오를까봐 더 두렵다. 남편에게서 느끼는 그 차가움을 또 경험하게 된다면. 몸이 먼저 거부한다면.

"집에 가야죠."

남자로 다가서려는 그를 받아들이기에는 몸의 두려움이 너무 컸다. 나무토막 같다는 남편의 타박이 먼저 떠오르는 걸 어쩔 수 없다. 집에 가야 한다.

"쉬는 날은 언젠가요?

"……."

미숙은 휴일이 내일이지만, 내일이 쉬는 날이라는 걸 알려야 할지 말아야 할지 대답을 망설였다.

"미숙 씨, 저에게 기회를 주시죠. 미숙 씨에게 도움이 되는 사람이고 싶습니다."

식당에서 늘 부르던, 사장님이라는 호칭을 쏙 빼고, 미숙 씨다. K의 목에서 울리는 미숙 씨라는 발음이, 미숙의 마음에서 메아리가 된다.

K의 간절한 얘기에도 미숙은 확답을 하지 않았다. 내일 쉬지만, 쉰다고 얘기하지 않았다. 내일 그의 전화도 받지 않을 것이다.

아줌마가 간다. 남편의 도박 빚 때문에 거리로 나앉게 되었을 때, 동서가 구해 준 방 두 개짜리 임대 주공 아파트의 1층에 사는 아줌마가 걸어가고 있다. 처음 이사를 오고 얼마 지나지 않아, 라인별 모임이 있었다. 한꺼번에 이십여 명의 아줌마들이 함께 그 집에 갔다. 그 집에 갔을 때 아줌마가 매실차던가, 유리컵에 차를 내왔다. 무심결에 유리컵에 든 차를 마시는데, 다른 아줌마들이 살짝 고개를 저으며 차를 사양했다. 이상해서 다시 보니 컵이 온통 얼룩으로 부옇게 흐려 있었다. 손님이 많아서 안 쓰던 컵을 내왔나 보다 생각했다. 그땐 몰랐다. 1층 아줌마가 이상하다는 것을. 아줌마들이 컵이 더러워 차를 안 마시는 줄로만 알았다.

오늘도 아줌마는 작은 보따리를 든 채 중얼거리며 아파트 주위를 돌아다니는 중이다. 남편과 아들 딸 남매를 둔 보기엔 다복해 보이는 가정인데, 무엇이 문제일까?

언젠가 아파트 상가를 돌아다니는 아줌마를 보며 식품점 아줌마가 말했다.

"그집 아저씨가 하도 답답해서 정신병원에 데리고 갔었다 안하요? 근데 간이 안 좋다고 병원에서 안 받아주더라네. 아이고, 어째야쓰까."

정신병원에선 기본 건강이 안 좋으면 입원을 시켜주지 않는 모양이었다. 식품점 아줌마는 미숙에게 넋두리를 하듯 계속했다.

"저렇게 밤이나 낮이나 돌아다니면서도 돈에 대해서는 악착같다네요. 한번 들어가면 나오질 않는대요. 돈을 안 주면 아저씨한테도 덤비니깐, 아저씨도 어쩔

수 없이 번 돈을 다 준다는데, 한번 들어가면 죽어도
내놓지를 않는대요. 근데 아들에게 돈이 필요하다고
하면 돈을 주기도 하는데, 딸에겐 정말 안 준다네요.
딸이라고 차별까지 하나봐요. 급식비며 뭐며, 돈 때
문에 싸우는 게 하루이틀이 아니래요.”

　그냥 보기엔 정말 아무렇지도 않은 아줌마가 왜
저렇게 정신을 놓고 사는지 모를 일이다. 아줌마는
왜 저렇게 됐을까. 하고 싶은 말이 너무 많아서, 그
하고 싶은 말을 다할 수 없어 타인이 아닌 자기 자신
에게 끊임없이 홀로 말하는 것은 아닐까. 자신을 감
추기 위해 가면을 쓰기도 하지만 그 가면 속에서 오
히려 자신을 온전히 드러내듯, 아줌마도 늘 자신을
드러내기 위해 손가락 전화를 하는 것은 아닐까. 미
숙은 자신을 보고 있는 것 같았다. 멀쩡한 것 같지만,
마음은 부서질 대로 부서져 모래처럼 서걱거리는 자
신의 모습. 머리를 풀고 뛰어 나가고 싶은 자신의 또
다른 모습.

　어느 날 학교에서 돌아온 딸아이가 울면서 말했다.

　“엄마, 1층 아줌마가 미쳤나봐. 학교에서 오는데
나를 보자마자 다짜고짜 욕을 하면서 나를 끌고 가려
했어.”

　“왜? 네가 뭐라고 했니?”

“아니야. 난 아무 말도 안 했어. 너무 무서워서 막 도망쳐 왔어.”

우는 아이를 달래고 밖을 보니, 곱슬거리는 파마 머리에 핀을 꽂은 아줌마가 엄지와 새끼손가락을 세워 마치 전화를 하는 듯한 모습으로 계속 중얼거리며 돌아다니고 있는 중이었다. 손가락 전화로, 바로 옆에 있는 사람에게도 잘 들리지 않을 정도로 늘 혼자 조용히 속삭이는 아줌마.

딸아이의 담임선생님에게서 전화가 왔다.

“정은이가 나쁜 친구들하고 어울리는 것 아시죠?”

딸아이 담임선생의 말을 미숙은 이해할 수 없었다.

“세상에 나쁜 아이가 어딨어요? 내 아이가 소중한 만큼 남의 아이도 소중한 거 아닌가요? 그 아이들이 우리 아이를 묶어서 끌고 다니는 것도 아닐 거고. 같이 어울린다는 건 어쩌면 우리 아이도 그 아이들과 성향이 닮은 거겠지요. 지금 한참 자라나야 할 아이들인데, 어떻게 선생님이 그렇게 아이들을 나쁜 아이라고 단정적으로 말씀하실 수 있어요? 선생님 맞으세요?”

미숙의 항변에 담임은

“아, 수업시작 시간입니다. 다음에 통화하시죠.”

하며 전화를 끊었다. 미숙은 새삼스레 남편이 더 미웠

다. 아이의 태도가 남편에게서 온 때문은 아닌지. 자신이 원하는 것을 마음껏 해주지 못하는 부모에 대한 반항 때문은 아닐까 싶어 자신이 더욱 초라해졌다.

"손님들 들고 날 때마다 신발 좀 정리해. 손님도 우리도 서로 정신없잖아. 가지런히 신발장에 잘 정리해."
김군에게 손님들의 신발을 정리하라고 이르고 돌아서는데, 휴대폰이 지르르 지르르 진동으로 울린다. 지난 밤 꿈속에서 가도가도 끝이 없이 구불구불한, 잡풀이 우거져 빽빽한 산속에서 길을 찾느라 산길을 헤매다가 눈을 떴는데, 무슨 일일까. 이제 어느 정도는 빚 정리를 한 것 같은데, 왠지 불길한 예감이 든다.
"형수님, 형님 장비 내 놓은 거 아시죠?"
남편의 중장비 지입회사의 관리부장이다.
"무슨 말씀이세요? 그게 생겐데, 또 무슨 일 있어요? 안돼요. 절대 안돼요."
중장비인 포크레인을 신용불량인 남편 명의로 등록할 수 없어, 중장비 지입회사의 관리부장 명의로 되어 있는데, 남편이 장비를 내놓았다니. 도대체 이 인간이 또 무슨 일을 저지른 걸까. 파라는 땅은 안 파고, 도대체 어디까지 파야 정신을 차릴까. 가족도 자식도 남편에겐 없는 걸까. 한동안 잠잠하더니, 이젠 아예 미숙에게 말도 없이 장비를 내놓았단다. 또 얼마를 잃은 걸까?

하얗게 질린 미숙이 부들부들 떨며 남편에게 전화를 했다. 신호는 가는데, 남편은 전화를 받지 않는다. 미숙의 거듭된 전화에 남편은 아예 전화기 전원을 꺼버린 모양이다. 가입자의 전화가 꺼져 있다는 안내 멘트만 흘러 나온다.

"이모, 여기 반찬 주세요."

"여기요!"

손님들은 저마다 뭐라 부족한 걸 달라는데, 미숙의 다리에 힘이 쭉 빠진다. 어젯밤 꿈부터 아이들의 얼굴까지 스쳐 지나가고, 나쁜 자식, 되뇌이던 미숙은 홀을 가로질러 주방에 가 주저앉았다. 어디가 끝일까. 도박을 끊으려고 손가락을 잘랐더니, 발가락으로 도박을 했다구, 정말 이럴 수는 없다. 남편이 죽든 미숙이 죽든 둘 중 하나는 죽어야 끝날 것 같다.

미숙은 K에게 전화를 했다.

"잠깐 볼 수 있어요?"

미숙은 부들부들 떨려오며 한기가 느껴지는 자신의 목소리를 애써 누르고 말했다.

"무슨 일 있으세요?"

K의 전화를 받기만 했을 뿐 한번도 직접 전화를 한 적이 없는 미숙이었다. 그런 미숙의 전화에 K가 당황한다.

"날 좀 데리고, 멀리, 멀리 가 줄 수 있어요?"

"갈게요. 잠깐만 기다리세요."

K의 확답을 들은 미숙은 김군에게 가게를 부탁하고 가게를 나와 동서에게도 전화를 했다. 자신에게 말도 없이 장비를 내 놓고 전화도 받지 않는다는 남편의 얘기를 차마 동서에게 할 수 없어, 몸이 아파 일찍 들어간다고. 미안하다고.

이내 달려온 K 앞에서 미숙이 울기 시작했다.

"남편……. 아니, 오늘 우리 같이 있어요."

선언하듯 K를 붙잡았다. 지금 K마저 없다면, 그대로 가게 옥상에 올라가 뛰어 내릴 것 같았다. K는 미숙의 손을 잡은 채 말없이 차를 움직였다.

기본 옵션 외 장식이 없이 말끔한 K의 차가 모텔 주차장에 들어섰다. 차가 주차장에 들어감과 동시에 주차장의 차량 가림막이 쳐진다. 자동차 한 대를 주차할 수 있는 공간. 이용자들을 위한 개별적 공간이다. K는 미숙이 당황하지 않도록 미숙의 어깨 한쪽을 가볍게 부축하고 방으로 이어지는 계단을 오른다. 감시 카메라를 통해 이쪽의 움직임을 모두 보고 있겠지만, 직원들은 눈에 보이지 않는다. 습관처럼 카메라를 흘깃 바라본다. 누구에게나 비밀이 필요하다. 어느 순간 휴대폰 소유자의 동선을 따라, 네비게이션의 칩 속에서 다시 확인되는 환하게 드러난 삶. 그러나 현재는 익명이고 싶은 K.

K는 벽에 기대듯 미숙을 세우고 지폐 투입구에 현금을 넣었다. 지폐를 인식한 기기에서 "감사합니다. 문이 열렸습니다." 하는 기계음과 함께 철컥 문이 열렸다.

방안의 조도를 조절하고 욕조에 물을 받는 K의 뒷모습을 보며, 미숙이 서 있다. K는 어쩔 줄 몰라 하는 미숙을 가볍게 안았다가 두 손으로 미숙의 볼을 감싸고 키스를 했다. 눈물이 번진 미숙의 얼굴을 K의 혀가 스치듯, 달콤한 사탕을 빨듯 스쳐 지나간다. 미숙이 저항할 틈을 주지 않는다. 미숙의 입술에서 혀를 떼지 않은 채로 미숙의, 부드러운 쉬폰 블라우스의 단추를 풀었다. 서두름 없이 천천히. 가볍게 미숙을 욕실로 이끈다. 수도꼭지에서 흐르는 물을 따라 거품이 인다. 따뜻한 물이 흐르는 욕조에 미숙을 마주 앉힌 K가 스펀지에 샤워젤을 묻혀 미숙의 몸을 닦기 시작한다. 마흔이 넘은 미숙의 몸매는 이미 배가 나오고 있다. 여자들은 자신의 배에 더욱 민감하다. 아이들을 낳고, 나이가 들면서 눈에 띄게 배가 나올 수밖에 없지만, 여자들은 K의 손이 갔을 때 모두들 놀라며 몸을 움츠렸다. 그래서 K는 미숙의 배로 손이 가지 않도록 조심스레 마사지하듯 미숙의 몸을 닦았다.

물의 따뜻함이, K의 부드러운 손길에 욕조에 흐르는 물줄기의 안온함에 서서히 미숙의 몸이 반응을 일으킨다. 살아있었음을 느끼는, 미숙의 눈에 흐르는 눈물을 K가 혀로 핥는다. 미숙의 숨겨진 욕망이 거품처럼 인다. 미숙의 얼굴 라인을 따라 K의 혀가 움직여 간다. 먼 바다의 등푸른 고래처럼 자유롭게. 고래가 물을 뿜어내듯 미숙이 소리치기 시작한다.

제발 죽여줘요. 제발, 남편을 죽여줘요. 죽여줘.

남편의 장비가 남편의 것이 아닌 자신의 것이라 당당히 말하는 관리부장의 목소리가 뱅뱅 돈다. 도대체 남편은 어디서 뭘 하느라 전화도 받지 않는 걸까. 잃은 원금을 만회할 수 있을 거라고 또 어딘가 도박판에 있는가? 이러자고 결혼을 한 것은 아니었다. 남편 아닌 다른 남자의 품에서 남편을 죽여달라고 절규하는 미숙이 죽이고 싶은 것은 오히려 자신이었다. 나쁜 자식, 도대체 내가 뭘 잘못했길래 지금 내가 여기에 있는 걸까. 이건 모두 너 때문이야, 남보다 못한 너 때문이라구. 어떻게든 자신의 옷고름을 스스로 자르지 않겠다고 맹세했던 미숙의 욕망 속에 남편을 향한 증오가 끓어 넘쳤다.

"절대로 저 남자는 안 된다. 저 남자의 얼굴은 빈상 중의 빈상이다. 얼굴에 어디 한 점 복이 붙어 있냐? 절대로 저런 얼굴은 잘살 수 없어. 절대 안 돼."

용재와 처음 인사를 갔을 때, 엄마는 그렇게 미숙의 결혼을 반대했다.

"엄마, 그런 말이 어딨어요. 사람이 열심히 살면서 자기 길을 개척해 나가는 거죠."

"내가 너를 어떻게 키웠는데, 네가 이럴 수 있니? 미숙아, 제발 엄마 말 한번만 들어라."

"엄마, 정말 좋은 사람이에요. 잘살게요. 걱정하지 마세요."

미숙을 부여잡고 반대하는 엄마를 향해 삶은 자신이 개척해 나가는 거라고, 그렇게 당당하게 말했던 미숙이었다. 다정하고 좋았던 용재의 얼굴에서 엄마는 무엇을 봤던 걸까. 사랑이라고 믿었던 것은 미숙이 바란 환상에 불과했던 걸까? 그때는 몰랐다. 사랑이 모든 걸 해결해주지 않는다는 걸. 용재를 사랑했으므로, 사랑으로 잘살 수 있을 거라고 생각했다. 엄마에게 말한 약속을 지키기 위해서라도 미숙은 자신의 자리를 지키고 싶었다. 스스로 옷고름을 자르지 않으려고 오늘까지 버텨온 미숙이었다. 그럼에도 불구하고 미숙은 처절하게 무너지고 있었다. 남편의 손길에서 느껴지던 뱀같은 차가움이 아닌 온몸에서 일어나는 흥분으로 자신을 채워가고 있었다. 자신이 흥분하고 있다는 사실에서 감춰진 욕망에 배신감을 느꼈지만, 자신의 몸이 살아있다는 사실에도 미숙은 흥분하고 있었다. 남편을 향한 증오 속에서 욕망의 정점을 향해 달리는 미숙, 이 진흙구덩이의 바닥은 어디인가? 활활 타오르는, 욕망의 또아리. 막대기에 매달려 있었던 건 미숙 자신이었나 보다.

K의 팔을 베고 설핏 잠이 들었던가. 미숙은 잠결에 휴대폰의 진동음 소리에 눈을 떴다. 더듬더듬 휴대폰을 찾아 들었다. 전화는 그새 끊기고 부재중 램프에 불이 들어왔다. 새벽 다섯 시. 여러 통의 부재중 전화가 떠 있다. 낯선 전화번호들이다. 새벽 다섯 시에 오는 낯선 전화. 결코 반가울 리 없는 전화. 순간 남편과 아이들의 얼굴이 스쳐 지나갔다. 다시 진동음이 울린다. 미숙은 긴장한 채 휴대폰의 폴더를 열었다.

"여보세요? 이미숙 씨인가요? 김용재 씨 부인 맞지요?"

여자다. 남편의 여자다 싶었다. 이젠 이 새벽에 여자까지 전화를 하나 싶어 더 화가 난 미숙이 숨을 몰아쉬었다. 아닌데요. 나는 김용재를 모르는 사람이에요, 라고 말하고 싶었다.

"누구세요?"

누구세요, 라는 말 속에 이미 김용재의 부인이 맞다는 생각이 드는지, 여자는 말을 계속했다.

"아, 여기 동부경찰서인데요. 대학병원으로 좀 오셔야겠는데요."

"무슨 일인데요?"

짜증이 섞인, 너는 지금 어디서 뭘 하느냐는 투의 나무라는 듯한 목소리다.

"김용재 씨가 뺑소니 사고를 냈는데요. 행인을 치고 달아났어요. 음주 운전입니다. 본인은 음주를 부인하며 음주 측정을 거부하고 있지만, 혈액 검사를 했으니 알콜 지수가 곧 나올 겁니다. 횡설수설, 만취 상태라고 보시면 됩니다."

아, 대체 언제까지, 아니야, 이건 꿈이야. 남편도 K도 모두 한바탕 꿈이다. 이건 꿈이어야 한다. 미숙의 손에서 휴대폰이 떨어졌다. 미숙은 캄캄한 어둠속에서 이불을 끌어당겨 자신의 알몸을 가렸다. 이 치욕스런, 이 진흙탕을 어떤 얼굴로 벗어나야 할까.

입술을 깨물고 있는 미숙의 눈에서 하염없이 눈물
이 흐르기 시작했다.

미숙의 전화 통화 소리 때문인지, K가 뒤척이며
돌아누웠다.

K의 고른 숨소리를 뒤로 하고 미숙은 모텔 방문을
나섰다.

캄캄한 어둠 속으로.

그 눈빛의 깊이는 얼마였을까

그는 이제 자유로울까요?

이제 곧 가을이 오겠지요.

가을이 오면 떠난 사람은 잊혀지나요?

무엇을 도와드릴까요?

제가 도와드릴 수 있는 일이 있나요?

인경은 그의 아내를 향해 소리치고 싶었다.

검지에 끼워진 반지. 청약서에 서명하는 그의 긴 손가락에서 반지가 반짝 빛났다. 반지의 반짝임에 눈을 들어 그를 다시 봤다. 그는 서명 후 천천히 만년필의 뚜껑을 닫았다. 인경은 영수증을 떼어내 반으로 접고 조심스레 봉투에 넣어 그의 흰 손에 건넸다. 영수증을 받은 그가 눈인사를 하고 사무실을 나갔다. 그의 목 뒤 쪽 어깨선이 석양에 비껴 잠기고 있었다.

인경은 목소리를 높였다.
"여러분, 보험은 만약의 경우, 기회를 제공하는 것입니다. 교육을 받을 수 있는 기회, 생계를 유지할 수 있는 기회, 가족이 흩어지지 않고 함께 살 수 있는 기회, 많은 종류의 기회들이 있겠지요. 여러분 모두 누군가를 진심으로 사랑하시죠? 그런데, 사랑이 눈에 보이는 건가요? 눈에 보이지는 않지만, 여러분 모두 사랑이 있다고 믿으시죠? 보험은 사랑입니다. 눈에 보이지 않는 사랑을 눈에 보이도록 만들어 주는 것, 그 사랑을 현가로 계산해서 미래에 돌려주는 것이 보험입니다. 그래서 만약의 경우, 가장이 사망했을 때 현재의 행복을 그대로 이어, 남은 가족들에게 기회를 제공하는 것입니다. 여러분의 목표는 우량고객을 발굴하고, 그 우량고객 한 분 한 분의 행복을 위해 마음을 다하는 것입니다."

강의의 막바지, 하나 둘 아줌마 부대들의 눈빛이 흐려지고 있다.

"여러분, 보험엔 보험의 순기능인 선택과 역선택이 있습니다. 흔히 모랄해저드moral hazard, 즉 도덕적 해이라고 말하는 역선택에 주의해야 합니다."

선택과 역선택. 고객이 보험금 수령의 목적으로 어떤 행동을 하지 않으면 선택이고, 보험금 수령의 목적으로 어떤 행동을 하기 위한 보험 계약을 하면 역선택이다. 살아가면서 내일을 알 수 있다면 더 이상 보험은 필요하지 않을 것이다. 알 수 없는 내일에 대한 불안심리의 밑바탕에 보험이 있다.

"그럼, 역선택까지 우리에게 책임지라는 말이에
요?"

교육 때면 언제나 물오른 고기처럼 튀는 한두 명
이 있게 마련이다. 교육 시간의 대부분을 물장구치듯
톡톡 튀다가 한두 달 후면 비눗방울 녹아 없어지듯
사라지는 사람들.

보험회사란 늘 상품 판매를 위한 새로운 인력을
확보하는 것이 목표다. 그 목표의 정점엔 교육이 있
다. 밀물처럼 밀려왔다가 썰물처럼 빠져나가는 그들.
선입관을 버리라고 교육하면서 인경은 늘 자신의 선
입관으로 신입사원들에게 잣대를 대고 있었다.

"여러분, 청약서에 싸인 받으실 때 눈을 잘 보세
요. 눈을. 그 눈 속에서 고객이 무엇을 말하고 있는지
잘 보면 알 수 있을 겁니다. 반드시 여러분의 책임이
라고 말하긴 어렵지만 보험 사고가 있을 경우 담당
설계사인 여러분과 면담을 하는 것도 사실입니다."

자신들이 말려들 수도 있다는 얘기에 하나, 둘 정
신을 차리기 시작한다. 인경의 교육목표는 새로 일을
시작하는 이들이 일을 할 수 있도록, 보험에 대한 인
식의 눈을 열어 주는 것이다. 인경은 강의를 마무리
지었다. 휴식이 필요하다. 집에서 몇 년씩 살림만 하
던 주부들이 친구의 권유로 또는 남아도는 시간을 주

체하지 못해 오는 사람들이 대부분인 이들에게 강행이란 무리다.

강의 전 미리 받았던 신입 사원 리스트 한 곳에서 인경의 볼펜 끝이 잠시 멈췄다. 비고란의 특이 사항 기록. 남편 1개월 전 사망. 자사 보험금 수령. 가족 관계 2녀 1남. 그리고 괄호 안에 자살 추정. 자살 추정. 갑자기 활자가 걸어 나와 인경을 물고 늘어지는 느낌이다. 힘이 빠진다. 때로 서류란 한 사람을 평가하는 데 아주 간단하게, 단 몇 글자의 기록으로 남는다. 그 몇 글자가 그 사람의 인생 전부를 나타내기도 한다. 그런 것이다. 추정도 기록도 남은 자들의 몫이다.

인경은 이력서 사진의 얼굴보다 훨씬 초췌한 모습의 그녀를 본다. 그녀가 입은 흰 목련꽃빛 투피스의 화려함은 그녀의 지치고 힘없는 모습을 더욱 부각시키고 있었다. 강의 시간 내내 그녀는 창밖을 바라보고 있었다. 아침 내내 골라 입었을 투피스의 반팔 소매 아래로 나온 그녀의 여린 팔목에서 시선이 멈췄다.

인경은 그녀를 바라보던 시선을 거두고 커피 자판기를 향해 걸어갔다. 두 남녀가 행복한 표정으로 김이 오르는 커피잔을 들고 있는 그림이 있는 자판기. 블랙커피, 설탕커피, 프림커피. 그 선택의 가능성 앞에서 잠시 망설였다. 커피 한 잔을 고르는데도 선택이 필요하다. 그녀가 겪고 있을 삶의 무게는 블랙커피처럼 쓸 것이다. 그녀에게 커피 한 잔으로도 위로가 가능하다면, 설탕의 단맛이 커피의 쓴맛을 감출 수 있을 것이다. 개인적 취향과는 거리가 먼, 이미 평균적 맛의 비율로 설정된 커피의 버튼 누르기, 선택은 거기까지다. 설탕커피 한 잔을 들고 그녀에게로 갔다. 창가에 조용히 서 있는 그녀에게 커피를 권했다.

"교육이 힘들죠?"

인경에게 어렴풋한 미소를 보낸 그녀는 이내 창밖으로 고개를 돌렸다. 냉방이 잘 돼 오히려 춥기 때문일까. 커피를 받아든, 그녀의 푸르스름한 정맥이 드러난 손끝이 가볍게 떨렸다. 그녀의 시선이 머문 창밖엔 목련이 서 있다. 철쭉 사이로 목련은 뜨거운 햇볕에 제 잎을 흐느적거리고 있었다. 이제 그녀는 아내의 이름이 아닌 엄마의 이름으로 세상의 파도를 넘어야 할 것이다. 저 여린 손끝에 세 아이의 운명이 달린 것이다.

그녀에겐 다른 선택의 여지가 없었는지도 모른다. 혼자된 그녀에게 주변의 누군가가 권했을 것이다. 이제 당신이 가장이라고, 당신은 당신의 몫을 다해야 한다고, 세 아이들을 키워내려면 돈이 있어야 한다고, 무슨 일을 할 수 있느냐고 물었을지도 모른다. 공

장에 나가 하루 종일 허리 한번 못 펴고 생계비도 되
지 않는 돈을 버느니, 능력급인 보험회사 설계사가
나을 거라고. 요즈음엔 설계사에 대한 인식도 많이
좋아져 돈도 많이 번다더라고……. 한마디 더 보태
도와주겠노라고 했을지도 모른다.

　인경은 는개 피어오르는 바다가 보고 싶었다. 지
치고 힘이 들 때, 엄마 품처럼 아늑하게 인경을 품어
주곤 하던 바다였다. 그녀는 지금 썰물의 바다에 서
있다. 푸른 물의 생명력으로 바다의 온갖 생명들을
키워내던 그녀의 바다가 바탕을 드러낸 채 물이 들어
오기를 기다리고 있는지 모른다. 만조滿潮도 조금潮感
도 바다의 본질을 그대로 지닌 삶의 다른 모습들일
게다. 늘 만조滿潮만 있다면, 조금潮感의 변화가 필요한
게, 고둥, 바지락, 고막 등의 뻘밭에서 사는 생명들의
삶의 모습도 변화할 것이다. 때로 감싸 흐르다가, 온
몸 드러내는 것도 생명을 순환하는 하나의 방법이다.
지금 썰물의 바다인 그녀의 바다가 어느 순간 한사리
로 차올라 그녀를 우뚝 일으켜 세울 수도 있을 것이
다. 그마저도 그녀의 선택이다. 세 아이를 위해 출근
하는 그녀의 저 무거운 발걸음이 오히려 그녀의 어깨
에 날개를 달게 하는 힘이 될 수도 있을 것이다.

　인경은 담배 생각이 간절했다. 신입사원들에게 담

배 피우는 모습을 보여주기 싫어 한 층을 걸어 올라
갔다. 또각또각 층계에 울리는 발소리가, 그녀에 대
한 단상들이 인경의 힘을 빼고 있었다.

　살아가면서 부딪히는 여러 가지의 우연들. 그를
만나던 날. 거래처의 신임 관리부장이 업무파악을 위
해 인경을 불렀다. 실적이 우선인 보험사의 특성을
아는 터라 관리부장은 그와 함께 인경을 기다리고 있
었다. 3년 전의 늦가을 오후, 그의 자동차보험 만기일
이었고 안개가 짙은 날이었다. 사업자가 300여 대가
넘는 중장비의 개인별 관리 어려움 때문에 개인사업
자인 그들을 단체로 묶어 보험사와 거래 중이었다.
부장의 신규 발령이 아니었다면, 그를 만나야 할 이
유가 없었을지도 모른다. 평소라면 팩스 한 장으로
간단히 처리할 수 있는 일이었다. 늦가을 오후, 회사
를 방문했을 땐 짧은 해가 이제 막 긴 그림자를 끌며
산을 넘어가고 있었다. 부장과 그동안의 업무처리에
관한 의견을 나누고, 그를 소개받았다. 현장의 중장
비 기사는 반드시 작업복을 입어야 한다는 규정은 어
디에도 없지만, 줄무늬 와이셔츠에 카디건을 받쳐 입
은 그를 본 순간 15톤 덤프트럭의 기사와는 어울리지
않는 그의 분위기에 인경이 압도당하고 있었다. 그가

입은 옷 때문이라고 단언할 수 없는 그 무엇, 공사 현
장과는 어울리지 않는 그를 본 순간, 악수를 하느라
잠깐 눈이 마주치는 순간, 인경의 가슴 속에서 뭔가
큰 뉘가 일렁이는 느낌이었다. 한순간 그를 배경으로
한 모든 사물들의 움직임이 멈췄다. 그의 움직임만이
클로즈업되었다. 영화의 한 장면처럼, 피사체의 확대
를 위해 강조한 화면처럼 그가 인경을 향해 천천히
걸어왔다. 회사용과 고객용으로 연결된 청약서를 그
에게 건넸을 때, 그의 희고 긴 손가락이 눈에 띄었다.
왼손 검지에 끼워진 묵주 반지가 헐렁한지 손가락에
서 빙빙 돈다는 느낌을 받은 것은 그가 서명을 하려
고 서류에 손을 올렸을 때였다. 형광등의 불빛을 받
은 반지가 반짝, 빛이 났고 인경은 눈을 감았다. 숨이
막혀왔다. 미리 준비한 잔돈을 넣은 봉투를 건네고
악수를 청했을 때, 그가 잠깐 웃었던가. 가슴에서 이
는 뉘의 울렁거림을 애써 감추고, 고맙습니다, 짧게
인사했다. 그는 이내 뒷모습을 보이며 문을 나갔다.
큰 키에 감색 카디건을 덧입은 그의 뒷모습이 아주
깔끔했다. 인경에게 허방을 딛는 듯 안타까움과 까닭
모를 불안이 엄습해 왔다.

　인경은 일상으로 돌아왔다. 여전히 그 업체를 출
입했다. 문득문득 그가 궁금했지만, 그는 인경의 고

객 명단에 이름이 올라 있을 뿐이었다. 월별 리스트에 올라있는 계약자들을 관리하고, 신규 고객을 확보하는 인경의 일상은 변함이 없었다.

이른 봄, 그에게서 전화가 왔다. 연 2회 분납인 자동차 보험료의 2회분 고지서를 발송하고 전화로 확인을 하려던 차였다. 사무실에서 전화를 받던 인경이 창밖으로 고개를 돌렸을 때, 마침 아련하게 아지랑이가 피어오르고 있었다. 그는 미안하다며 해약의 절차를 물었다.

"자동차 매매 계약서와 신분증 사본, 그리고 통장 사본이 있으면 팩스로도 처리가 가능합니다."

간단하게 해약 서류와 영업국의 위치를 알려주고 전화를 끊었을 때, 가슴 한쪽에서 서늘한 바람이 지나가고 있었다. 그는 뭐가 미안하다는 걸까? 인경이 받았던 수수료는 날짜별 보험료 계산 후 해약분만큼 다시 정산을 해야겠지만, 그러나 자동차를 팔았으니 해약은 당연했다.

이틀쯤 지났을 때 그에게서 다시 전화가 왔다.

"해약하시는데 불편함은 없으셨구요?"

인경이 아무렇지도 않은 듯 한음쯤 톤을 높여 가볍게 대꾸했다.

"잠깐 만날 수 있을까요?"

그의 목소리에서 바람 소리가 들리는 듯했다. 뭘까, 저 남자에게 뭐가 있는 걸까, 그가 들고 있을 수화기를 통해 들려오는 그의 바람 소리. 수없이 많은 남자들을 만나오지 않았던가, 그들은 남자들이 아니라 인경의 고객이었고, 사람이었다. 사람. 성性의 구분이 필요 없는 사람. 인경은 거절의 이유가 생각나지 않았다. 수없이 많은 사람들을 만나 일로 그들에게 다가갔을 때 그들이 씹어 뱉어내듯 던지던 거절의 말들……. 때로 그런 그들이 인경을 향해 야릇한 시선을 보내올 때 망설임없이 물리치곤 했다. 거절을 하는 것만이 인경이 살아남는 유일한 방법이기도 했다.

인경이 먼저 호텔 커피숍에 도착했다. 커피숍은 사람들로 북적이고 있었다. 인경은 벽 쪽의 자리에 앉았다. 샹들리에가 번쩍였다. 인경의 자리 뒤로 칸막이 유리창 너머에 한때는 아름다웠을 인조 수선화들이 켜켜이 눌러 앉은 먼지에 제 색을 잃어가고 있었다. 이 답답함은 뭔가, 가슴을 조이는 듯한 답답함. 인경이 한눈에 그를 알아보았다. 마케팅의 첫째 전략은 사람들의 얼굴을 기억하는 것이다. 그리고 그 둘째는 상대방의 말을 끝까지 들어주는 것. 인경이 매월 받는 정신 교육의 기본이었다. 그리고 셋째, 자신이 정한 철칙. 고객과 사적인 관계 맺지 않기. 그것은 인경을 버티게 하는 힘이기도 했고, 때로 연애도 한 번 못해본 노처녀로 만든 이유이기도 했다.

마치 줄을 세우듯 차례로 늘어선 테이블이 놓인 커피숍에서 그는 지난 육 개월 동안에 그가 했던 일들에 대해 이야기했다. 마치 오래 사귄 사람처럼 스스럼없이 이야기를 하는 동안 커피잔을 든 그의 손은 여전히 가늘고 길었다.

"내일 모레 여기를 떠나요. 여기서의 날들은 왠지 모를 이질감으로 가득했죠. 고향을 떠나 여기에 와서 늘 물위에 뜬 기름처럼 겉돌았어요. 이곳, 살아가면서 늘 기억에 남을 테지만, 사람들의 폭력성이 남을 것 같아요. 무자비한 말의 폭력들. 공사 현장이라는 것이 그럴 테지만, 왜 사람들이 서로를 생채기 내기 위해 모인 사람들 같았어요. 다시는 돌아올 일이 없을 것 같은……. 집이 팔릴 동안 주말 부부로 지내려고 합니다."

IMF로 어려움을 겪었던 회사가 정상화된 후 그를 다시 불러 인사부장의 자리에 복직한다는 그의 얘기를 들으며, 인경은 왜 이런 이야기를 듣고 있어야 하나, 일어서야지, 일어서야 해, 머릿속에 얼크러지는 생각들을 되작이면서도, 쉽게 일어설 수 없었다. 그는 꼭 식사 대접을 하고 싶다 했다. 내내 인경이 거절

했지만, 막무가내로 우겼다.

남천南天을 중심으로 크고 작은 화초들을 심어 아담한 실내 정원을 꾸민 일식집에서 저녁식사를 함께 했다. 일본식 다다미방에 앉아 광어모양의 접시에 놓인 생선초밥을 자꾸만 인경 쪽으로 밀어주며 그가 물었다.

"맛있어요?"

"네, 제일 좋아하거든요. 초밥에선 바다 냄새가 나요. 집에 돌아온 것 같은 편안함이 느껴지거든요."

인경의 대꾸에 젓가락으로 초밥을 들고 찬찬히 살펴보며 그가 웃었다.

"난 생선이 맛있다는 말은 거짓말로 들려요. 집이 강원도 산골이었어요. 생선은 고등어가 전부였어요. 일찍 돌아가신 아버지 제사상에 오른 고등어가 생선의 전부였거든요."

그날 밤 집에 돌아간 인경이 베개에 얼굴을 묻고 울었던가. 그의 아내가 궁금했고 그의 딸이 보고 싶었다. 아마 그의 아내는 다소곳한 여자일 것이다. 그를 닮았다면 그의 딸은 콧날이 서 있는 아주 예쁜 아이일 것 같았다. 하지만 이제 인경은 그와 연결할 아무런 끈도 갖고 있지 않았다.

그즈음 인경은 승진 시험을 앞두고 있었다. 본사에서 밀려났다는 소문이 떠도는 새로 부임한 영업국장은 영업소장을 통해 사원들에게 각자의 영업 목표를 주었다. 목표. 끝없이 이어지는 삶의 목표들. 지난달에도 그 지난달에도 목표는 늘 존재했었다. 매월 말일은 그 목표의 마지막 날이고 그 말일은 그 어떤 날보다 빨리 돌아와 인경을 숨 막히게 만들었다. 누군가 하나쯤은 숨이 넘어갈 듯한 말일을 치러내면서, 인경은 영업 실적의 부담과 함께 승진 시험의 부담까지 이중으로 안고 있었다.

인경은 사고 보상 실무에 관한 책을 뒤적이다가 그를 생각해 냈다. 창밖으로 보이는 교회의 첨탑 때문인지도 몰랐다. 창밖으로 교회가 보이지 않았다면……. 날마다 인경이 숨 쉬고 살아가던 집이 아니던가, 그날 왜 첨탑이 한눈에 들어왔을까. 그는 멀리 있다. 그 아련함. 때로 멀리 있는 것이 더 가까이 보이는가? 선명함이 아닌 흐릿함이 눈을 멀게 하는가? 눈속임이었을까? 첨탑에 온 신경을 모으고 무표정을 가장한 채 전화를 했을 때 그의 목소리는 수화기 저편에서 웃고 있었다.

인경은 기다렸다. 그가 오기를 기다리다가 자동차 열쇠를 든 손을 펴자, 흥건한 땀과 함께 쇠냄새가 배어났다. 자동차에 시동을 걸었을 때 천둥소리처럼 울려오던 새벽의 공명. 그 소리에 놀라 클러치에서 발을 떼었다. 출렁거리는 자동차를 따라 인경의 몸이 한꺼번에 앞뒤로 쏠렸다. 어느 날 학교에서 돌아오면 빨랫줄 가득 널려 있던 하얀 이불 홑청의 너울거림처럼 봄은 그렇게 왔다. 인경의 남자에 대한 어떤 기준도 그에게는 적용할 수 없었다. 그저 그가 있음에 대한 고마움이었고, 감사였다. 그를 만나기 위해 달려가던 새벽길. 그가 세상에 있다는 사실 하나만으로도 행복했다. 그가 오는 길목. 눈앞도 보이지 않을 만큼 짙은 안개를 뚫고 17번 국도를 달렸다. 안개는 산을 지우고 강을 지웠다. 안개에 사인 새벽길은 아득했다. 인경은 비상 라이트를 켠 채 보이지 않는 그 길을 달렸다. 달리지 않으면 석상으로 길 위에서 굳을 것 같았다. 그는 보이지 않는 길처럼 인경에게 다가와 가까이 다가가면 손끝에서 물기로 묻어나는 안개처럼 남았다. 그 길을 다시 갈 수 있을까.

눈물처럼 물방울이 묻어나는 안개 속에서 그가 인경의 어깨를 가볍게 안았다. 그리고 아주 짧은 입맞춤이 끝났을 때 그가 말했다.

"미안해."

왜 이 남자는 미안하다는 얘기를 할까? 인경은 울

기 시작했다. 배고픈 아이처럼 앙앙대며 울었다. 당황한 그가 인경의 어깨를 다시 안았을 때도 인경의 울음은 그치지 않았다. 안개 사이로 아침 해가 떠오르고 있었다.

"너, 울보구나? 처음 니 눈을 봤을 때 잘 울 것 같더니…… 나 좀 보고…… 눈 떠봐."

"……."

무슨 말도 할 수 없었다. 아무것도 보고 싶지 않았다. 눈으로 보는 것. 보이는 것. 약 24㎜의 안구가 삶의 전부를 보여줄 수는 없다. 각기 다르게 내재한 사물의 속성을 다 알 수도 보여줄 수도 없다. 가시거리의 눈속임. 때로 사면이 크게도 작게도 보이는 눈이 아닌 맹인들의 살아 있는 감각처럼 온몸의 감각을 통해 그를 느끼고 싶었다.

사각의 방문을 열고, 현관에 나란히 신발을 벗었을 때 시간은 이방의 시간으로 차오르기 시작했다. 그의 가늘고 긴 손가락이 인경의 눈을 지나 귓불에 머물렀다가 블라우스의 단추를 열었다. 어느 한때 푸른 비늘을 반짝이며 쏟아지는 햇볕을 향해 물고기가 튀어 오르듯 인경이 그를 향해 온몸을 열었다. 푸른 바다 속에서 나선형의 물그림자를 만들며 헤엄치는 물고기들처럼 인경은 그와 하나가 되었다. 눈으로 확인하고 싶었던 것들, 전화선을 타고 흐르던 그 목마름의 시간들이 한꺼번에 녹아 내렸다. 눈으로 보지 않아도 그가 보였다. 그의 몸짓들을, 손끝의 떨림마저도 온몸으로 느끼며, 자신의 몸 구석구석 숨어 있는 숨구멍 하나, 마지막 체세포 하나까지 그를 향해 열었다. 그와 안고 있는 그 순간에도 그를 안고 있다는 실감이 나지 않았다.

교육 3주차, 20명으로 시작한 교육이 이제 10여 명으로 줄었다. 50%가 그 흔적도 없이 사라진 것이다. 몇 차례의 대책 회의가 열렸고, 이젠 현장 실습 교육을 시켜야 할 때다. 그 전에 전체 교육생의 일대일 면담이 이루어졌다.

상담실의 문을 열고 그녀가 조심스럽게 들어왔다.

"어서 오세요. 어려운 점 있으시면 마음 편하게 말씀하세요."

인경의 권유에도 쉬 말문을 열지 못하는 그녀에게 인경이 커피를 권했다. 커피잔을 놓으며 오늘 마신 커피 잔 수를 헤아려 보았다. 커피보다 담배를 피우고 싶다. 지난 2주 동안 그녀는 늘 말이 없었다. 제일 먼저 그만두지 않을까 염려를 했었는데, 조용한 가운데, 여전히 그녀는 출근 중이었다.

"남편이 죽었다는 사실이 믿어지지 않아요. 아이들이 셋이에요. 아침에 나간 남편이 죽었다는 통보를 받았을 때, 이건 거짓말이야, 라고 생각했죠. 장례식을 치르면서도 그의 죽음을 인정할 수가 없었어요. 전 결혼과 동시에 사랑 따위는 잊었는지도 몰라요. 그저 아내로 엄마로 살아왔죠. 그런데 이젠 제가 가장이에요. 아무것도 할 수 없는 바보를 만들어 놓고……."

"이제 새롭게 시작하셔야죠. 무엇보다 아이들이 있잖아요. 아이들은 엄마가 일하는 것에 대해 기뻐하죠?"

"아뇨, 늘 집에서 데리고 있다가 막상 떼어 놓고 나오기가 쉽지 않아요. 나는 아이들을 위해 일해야 한다고 생각하는데, 아침마다 유치원에 가지 않으려고 발버둥치는 아이를 보면 마음이 아파요. 아이가 유치원 차만 보여도 우네요. 그런 아이를 두고 출근하는 어미 마음을 아세요?"

결혼도 하지 않은 인경이 아이들을 둔 그녀의 심정을 다 헤아리기엔 턱없이 부족했다.

"저는 바닷가에서 태어났어요. 늘 바다를 보고 자랐죠. 날마다 푸른 물 가득한 바다인 것 같지만, 바다는 늘 변하잖아요. 한사리도 있고, 조금도 있고. 직접

적인 내 일이 아니어서 모르고 지날 뿐, 늘 변화하는 것 아니겠어요? 잘 하실 수 있을 거에요. 힘내세요."

인경은 울먹이는 그녀의 등을 다독였다. 어떻게든 분위기를 바꿔야 한다. 그녀에게는 선택의 여지가 없다. 지금 그녀는 모래사장에 발을 묻은 채 황망해 하고 있다. 파도는 서 있는 사람의 발목을 끌어들인다. 항상 허기가 진 때문일까? 안으로 안으로 끌어들이는 파도의 속성. 지금 그녀가 맞고 있는 파도의 높이는 얼마쯤일까? 너울처럼 퍼져가는 파고를 헤쳐 나갈 수 있을까. 세상의 확률, 특히 보험사에서 말하는 질병 또는 사망의 확률이 단 0.01%의 확률일지라도 그것이 직접적인 나의 상황이 되면 확률 100%가 된다. 직업이라 말할 수 없는 전업주부였던 그녀가 세상의 파고를 헤치고, 세 아이의 버팀목일 수 있을까. 저 푸르스름한 정맥이 드러난 희고 여린 손으로 세 아이의 손목을 잡고 스스로를 일으켜 세울 수 있을까. 할 수 있을까? 의 의문형이 아닌 할 수 있다, 의 확신으로 스스로를 일으켜 세워야 한다. 사별死別함으로써 그 남편이 결혼에 대한 의무를 저버린 것일지라도, 남은 그녀가 남편의 몫까지 다해 결혼의 의무를 져야 할 것이다. 그녀의 남편은, 그녀에게 무엇으로 남은 걸까?

그와 연락이 되지 않은 지 벌써 일주일째. 퇴근 후, 열쇠를 찾아 문을 열었을 때 밀려오는 어둠과 낯설지 않은 방안의 냄새. 늘 어둠을 맞으면서도 혼자 들어서는 방안은 언제나 낯설었다. 방마다 불을 켜고 샤워를 했다. 샤워부스에 서서 내리 꽂히는 물줄기를 커튼도 치지 않고 그대로 맞았다. 몸에서 피어나는 흐릿한 물안개에 인경은 눈을 감고 오래도록 서 있었다. 그에게선 왜 연락이 없는 걸까? 그의 상황을 알 수 없어 전화는 언제나 조심스러웠다. 가능하면 전화는 그가 하는 것으로 되어 있었다. 인경은 퇴근하면서 짧게 안부를 전하는 그의 전화를 늘 조바심 내며 기다리곤 했다.

오늘따라 바다는 더 끈적하게 인경에게 눌어붙어 떨어지지 않는다. 무슨 일이 있는 걸까? 냉장고에서 캔맥주를 하나 꺼내오고, 담배를 피워 물었다. 갑자기 모든 것이 엉망이 되어버린 느낌이다. 재떨이에 남아 있는 루즈 자국이 선명한 꽁초들. 그와의 관계가 재떨이 주위로 떨어진 재처럼 버석거렸다. 습관처럼 휴대폰을 다시 확인하고, 머리를 감싸 올린 수건을 풀었다. 곱슬거리는 머리가 한꺼번에 흘러내렸다. 한 팔에 인경을 안고 곱슬거리는 인경의 머리를 매만지던 그의 손길이 생각나 휴대폰의 액정화면을 한번 더 쏘아보았다. 그는 대체 어디에서 무엇을 하고 있는 걸까. 드라이어로 머리를 좀 말려야 할까.

전화가 왔다. 그의 아내였다. 그의 아내임을 밝힌 여자는 뭔가를 감춘 듯했다. 체념한 듯한 한숨 소리가 섞여들었다. 인경은 휴대폰을 든 채로 말없이 서 있었다. 아무 말도 할 수 없었다. 그의 아내가 말했다.
"남편이 죽었어요."
"뭐라구요?"
인경이 반문했고, 그의 아내가 다시 말했다.
"남편이 죽었어요."
인경은 그 순간, 휴대폰을 손에서 놓쳤다. 휴대폰이 떨어지면서 몸체와 배터리가 분리되어 바닥에서 튀어 올랐다. 거짓말, 거짓말일 것이다. 인경은 그가 죽었다는 말을 믿을 수 없었다.

그의 휴대폰 통화내역을 뽑아 보았고, 인경의 번호를 보았단다. 무슨 말을 할 수 있을까? 굳이 만나자는 그의 아내가 원하는 대답이 무엇일까? 인경을 만나서 뭘 어쩌자는 걸까?

푸르르 올라온 기미를 애써 파운데이션으로 꼭꼭 누른 듯 화장이 들뜬 그의 아내를 만났다. 보험회사 신입 사원이 보험 팸플릿을 꺼내야 할지 말아야 할지 망설이듯, 그의 아내의 몸짓에서도 핸드백에서 무언가를 꺼내려는 듯한 망설임이 느껴졌다. 핸드백의 후크를 열까말까 망설이는 그의 아내의 손가락에도 묵주 반지가 있었다. 그의 반지와 똑같은. 그들은 똑같은 모양의 반지를 나눠 끼고, 세상을 향해 한 쌍임을, 한 쌍이었음을 보여주고 있었다. 대학시절 소용돌이처럼 끝이 보이지 않은 그때, 아내를 만났지. 아내는 착한 사람이야. 짤막하게 아내에 대해 말하던 그의 목소리가 이명처럼 들려왔다. 지금도 성당에 나가시나요. 천주교에서는 죽음을 뭐라고 하나요? 그는 이제 자유로울까요? 이제 곧 가을이 오겠지요. 가을이 오면 떠난 사람은 잊혀지나요? 무엇을 도와드릴까요? 제가 도와드릴 수 있는 일이 있나요? 인경은 그의 아내를 향해 소리치고 싶었다. 언젠가 그와 함께 있을 때 당신이 전화하더군요. "여보, 나야. 여기 한라산이야." 당신의 들뜬 목소리와 함께 가쁜 숨소리가 전화기 밖으로 거침없이 흘러나왔고, 잡음과 함께 지직거리며 전화가 끊겼죠. 순간 당황한 그가 중얼거렸어요. "허리 아프다던데, 괜찮은 건지 모르겠네." 당신의 목소리를 들으면서, 당신에 대한 염려의 중얼거림을 들으면서도, 난 그와 사랑을 나눴죠. 한 침대에 마치 셋이 함께 있는 듯한 느낌이었어요. "제발 그 반지 좀 뺄 수 없어요? 난 대체 당신한테 뭐에요? 어느 날 갑자기 연락이 끊기면 당신과의 관계도 끝일 거야. 내가 뭘 할 수 있는데? 당신의 안부를 누구한테 물어볼 수 있어요?" 울면서 소리쳤죠. 그가 나만의 그이기를 원했으니까요. "처음부터 알고 있었잖아. 뭘 어쩌자는 거야." 낮게 읊조리는 그를, 인정할 수밖에 없었어요. 당신은 아내라는 이름으로 언제나 당당할 수 있었지만, 난 그늘이었어요. 응달에 서 있는 나는 행여 그림자라도 남의 눈에 띌까, 늘 전전긍긍했죠. 당신에겐 반지가 남았군요. 나에겐 한 덩이의 핏덩이가 남았지요. 그러나 난 그 핏덩일 내 손으로 긁어냈어요. 그의 흔적을 지워야 한다고 생각했으니까요. 아니, 그의 흔적을 지우고 싶었으니까요. 그의 흔적을 몸 안에 두고, 내내 혼자 울 수 없었으니까요. 그가 죽었다구요? 그가 죽었는데, 당신과 나는 이렇게 한자리에 마주 앉아서 차를 마시는군요. 에스프레소, 그와 늘 마주 앉아서 마셨던 차예요. 당신과는 무슨 차를 마셨나요. 그가 말하더군요. 아내는 착한 여자다. 그 여자를 버릴 수 없다. 착한 여자인 당신은 나와 어떻게 다르죠? 당신은 한쪽 손가락에 그와 나눠 낀 반지를 끼고, 영원히 착한 여자로 남았군요. 난, 그의 흔적을 내 손으로 지웠어요. 왜냐구요. 그가 없으니까요. 그를 내 눈으로 더 이상 볼 수 없으니까요.

인경의 머릿속에 온갖 상념들이 들끓었다. 추웠다. 인경은 춥다, 춥구나, 느끼며 말없이 앉아 있었다.

"인경 씨라고 했던가요? 보험을 판다구요? 당신이 내 남편한테 판 건 뭐였지?"

던지듯 말을 뱉은 그의 부인이 자리에서 일어나 나갔다. 인경은 오래도록 앉아 있을 수밖에 없었다. 온몸이 떨렸다.

교육 마지막 주. 교육생들이 치렀던 공인 시험의 결과가 발표되었다. 교육생 각자에게 개인 코드번호가 부여되었다. 코드번호를 받음으로써 확실한 신입사원이 되었고, 각자의 계약을 받을 수 있는 기회를 부여받았다. 10여 명에서 다시 8명으로 줄었다. 새로운 시작이다. 누구의 부인, 누구의 엄마에서, 본인의 이름을 가진 한 사람이 되었다. 그녀는 일어설 수 있을 것이다. 적어도 처음 3개월은 버틸 수 있을 것이다. 그것이 이곳의 물 흐름이니까.

"청약서를 보시면 계약자, 피보험자, 수익자 란이 있습니다. 오늘은 청약서를 직접 써 보는 시간을 갖도록 하겠습니다. 만약 여러분이라면 자신의 사망시 누구에게 보험금을 주고 싶습니까? 만기시 수익자 란과 사망시 수익자 란이 따로 있습니다. 잠깐 눈을 감고 생각을 해 보세요. 내가 없다고 생각했을 때, 보험금을 누구에게 주고 싶은지. 그리고 직접 계약자가 되어 청약서를 작성해 보시기 바랍니다.”

교육용 청약서 견본을 받아든 신입사원들의 얼굴에서 미묘함이 흐른다. 자신의 죽음은 심각하게 생각해 보지 않았을 것이다. 가장은 늘 남편이라고 생각했을 것이고, 한두 건의 보험 계약을 이미 체결했으면서도 아무 생각없이 법정상속인이라고 설계사가 기재하는 대로 두었을 것이다.

그의 아내는 알고 있을까, 공원묘지에 인경이 다녀간 사실을. 새로 조성됐다는 시외곽의 공원묘지에서 그를 찾아내는 데는 별 어려움이 없었다. 공원묘지 입구에서 흰 국화 한 다발을 사들고 천천히 걸어 올라 갔다. 거의 직각으로 깎아낸 절개지에 시누대를 촘촘히 심어 가린 그 아래, 그가 있었다. 그는 그렇게 누워 있었다.

그에게 다녀온 후, 인경의 몸이 자꾸 쳐졌다. 새콤한, 식초를 듬뿍 넣은 초밥이 먹고 싶었다. 자꾸만 입안이 깔깔한데도 초밥이 먹고 싶었다. 초밥을 들고 “거짓말” 하던 그의 모습이 선연했다. 거짓말처럼 그를 다시 만날 수 있을 것 같았다. 그와 함께 갔던 일식집에 갔다. 비릿한 생선 냄새에 돌아서 나왔다. 언제든 돌아가고 싶었던 바다. 하얗게 부서지는 파도에 몸을 맡긴 채 한 여름의 태양을 온몸으로 받았던 곳. 그 낯익음의 냄새에 고개를 돌리다니…….

산부인과의 수술대에서 그의 흔적을 지우기 위해, 하나, 둘 숫자를 헤아리는데, 그의 어깨선이 석양에 비껴 너울져 올랐다. 그의 어깨선을 따라 하얗게 널린 이불 홑청이 바람에 날렸다. 인경은 그렇게 살고 싶었다. 한 이불을 덮고 잠들었다가, 한낮이면 깨끗이 빨아 풀을 먹여 그와 마주 서서 서로 팽팽히 당겨가며 마주 보고 웃고 싶었다. 까르르, 까르르 터져 오르는 아이들의 웃음소리를 이명으로 들으며, 한 덩이의 피를 쏟아내고 돌아왔다. 그는 무엇으로 남았을까.

졸졸조올. 개울물 흐르는 소리를 내는 수족관에 시선이 머문다. 한 달에 한번쯤 물을 갈고 청소를 하는 수족관에서 금붕어가 삼각 꼬리를 흔들며 헤엄치고 있다. 퇴근 후 돌아와 지쳐 푹신한 소파에 깊숙이 몸을 묻었다가 물 흐르는 소리에 눈을 떠보면 그들은 늘 인경을 부르고 있었다. 가끔 모래를 씹었다가 뱉어 내는 그들을 보면, 인경은 마치 풍선껌을 씹다가 후~하고 풍선을 부는 자신의 입을 보는 것 같았다. 지난번 물갈이를 하고 난 뒤에 잉어가 한 마리 죽어 떠오르더니 또 금붕어의 비늘에 빨간 꽃무늬가 생겼다. 물고기의 병에 관한 것은 아는 바가 없다. 단지 전염병이라 느껴지는데, 남아 있는 붕어들을 살리려면 빨리 건져내야 하는 것이 아닐까? 건져내서 어떻게 하지? 삼각 꼬리를 우아하게 흔들며 헤엄치는 금붕어를 건져내기엔 마음이 너무 아프다. 아가미를 헐떡거리는 금붕어를 그대로 쓰레기봉투에 버려야 할까? 인터넷의 금붕어 사이트를 모두 뒤져 찾아낸 것은 금붕어의 몸에 꽃무늬의 병이 생기면 수족관에 티스푼으로 세 개쯤의 소금을 넣으라는 것이었다. 금붕어는 민물에 사는 고기가 아닌가. 그런데 소금을 넣으라니. 금붕어에게 소금은 이물질이 아닌가. 이물질이 때로 약이 되기도 하는가. 발이 굵은 왕소금을 넣어야 하는 것이 아닐까, 잠시 망설였다. 하지만 싱크대 어디에도 왕소금이 없다. 인경은 싱크대에서 죽염을 꺼내와 수족관에 티스푼으로 천천히 죽염을 넣었다. 물에 닿자마자 흔적도 없이 사라지는 소금 알갱이들. 아주 잠깐 붕어들이 몸을 한번 뒤챘던가.

금붕어의 움직임을 눈으로 보던 인경이 들고 있던 맥주를 손에서 놓쳤다. 파도가 밀려와 모래사장을 적시듯, 맥주는 거품을 일으키며 방바닥을 굴러 침대 시트를 적시고 있었다.

교육 마지막 날. 일곱 명으로 줄어든 교육생 중에 눈이 빛나는 이들은 신규 마감을 잘해서 자신감에 부풀어 있는 이들이다. 아직도 보험 계약자 대부분이 연고에 의해서 상품의 내용을 정확하게 따져보지 않은 채 설계사의 얼굴만 보고 가입하는 경우가 드물지 않은 걸 보면, 어쩌면 이들은 6개월은 버틸 것이다. 아침마다 영업소 조회 시간에 신규 가망 고객의 명단을 작성해 오라고 담당 소장이 목청껏 외쳐도 반은 아는 사람들의 이름을 적어 올 것이다. 하루 열 명의 명단을 가장 성실하게 작성하는 사람만이 1년 후에 가장 능력 있는 사원이 되겠지만, 그런 경우 거의 맨땅에 헤딩한다는 표현이 어울릴 만큼 발품을 팔아야 가능하다. 대부분 6개월이 지나면 연고 판매는 바닥이 난다. 소장이나 국장으로부터 여왕마마 대접을 받으며 월말 마감 후, 보험 판매 신인상을 휩쓸던 한때가 지나가고 나면, 또 다른 신인에게 그 자리를 내주며 소리 소문없이 사라지는 보험회사의 신규 사원들. 누구 엄마로 불리던 이들이 자신의 이름이 적힌 급여 봉투를 몇 번 받고 나면, 가계부의 지출 곡선은 이미 높아져 버린다.

그녀가 보이지 않는다. 그녀 역시 보험 설계사가 아니더라도 무슨 일인가는 해야 할 것이다. 그녀가 받았던 보험금의 액수는 얼마였을까? 그걸로 충분히 남편의 자리를 메울 수 있을까? 인경은 누군가 죽자마자 보험 가입 상황부터 물어오는 걸 보면 삶의 가치가 노동력의 가치로 대변되는 것은 아닌가, 의문이 들곤 했다. 떠난 남편을 대신한 보험금의 액수에 따라 그녀의 삶의 질이 달라질 것이다. 남편 쪽 일가친척이 많았다면 좀 괴로웠을지도 모른다. 많든 적든 보험금을 서로 관리하겠다고 덤벼들었을 테니까. 보험금이 충분했다면 그녀는 처음부터 교육장에 오지 않았을지 모른다. 그 남편의 선택은 최선이었을까? 그 남편의 사인死因이 사업 실패에 의한 자살이었다면 그녀 손에는 단 한 푼의 돈도 남지 않았을 수도 있다. 살림살이 하나하나에도 빨간 딱지가 붙여졌을 것이다. 아이들 방의 컴퓨터며, 피아노까지. 사업가들에게 흔히 요구되는 연대보증을 일가친척들이 서기라도 했다면 그것은 현대판 연좌제라고 불리는 족쇄로 그들에게까지도 압류 딱지가 붙여졌을 것이다. 그녀는 지금 어디에 있을까?

텔레비젼의 채널마다 단풍을 보여주는 주말. 인경은 물빛 짙어진 17번 국도를 따라 그에게 갔다. 그를 만나러 가던 날의 안개 자욱하던 길은 주말 여행객들의 차로 몸살을 앓고 있었다. 단풍보다 더 고운 색색의 옷을 입은 그들의 모습에서 인경은 자신이 지나왔던 시간의 흔적들을 보고 있었다.

붉은 황토가 드문드문 보이던 그의 집은 그새 잔디가 뿌리를 내리고 그 세를 넓히고 있었다. 대리석 묘비에 선명한 그의 이름. 그가 태어난 날과 죽은 날이 차례로 적혀 있고, 반대쪽에는 그 부인의 이름과 아이들의 이름이 나란히 적힌 묘비를 멍하니 바라보았다. 그의 부인의 이름을 눈으로 지우고, 인경의 이름을 그려본다. 아이들의 이름이 아니다, 라고 당신 이름이 있어야 할 아무런 이유가 없다고 눈을 흘기는 듯했다. 그에게 인경은 무엇이었을까. 어느 한자리 인경이 차지해도 좋을 자리가 있었을까. 그는 편안할까. 잘 정비된 공원묘지답게 소풍이라도 나온 듯 도시락을 싸들고 와 음식을 나누어 먹는 가족들이 보였다. 봉분에 나 있는 잡풀을 손으로 뜯다가, 까르르 웃음을 쏟아내는 아이들의 메아리를 들으며 가을 햇살이 모인 무덤가에 인경은 앉아 있었다. 인경에게 그는 무엇이었을까. 그에게서 울보라는 이름 하나를 얻고, 단 한번도 마주 보지 못한 그의 눈에 무엇이 들어 있었을까. 사적 관계 맺지 않기를 고집했던 인경이 그에게 빠져든 이유가 무엇이었을까. 그의 눈빛이 생각나지 않는다. 얼굴 윤곽이 생각나지 않는다. 그저 뒤돌아 걷던 그의 어깨선이 까무룩하게 보일 뿐이다. 왼손 검지에 끼워져 있던 묵주 반지의 헐렁함만이 눈에 보인다. 빙빙빙, 눈앞에서 돌 뿐이다.

인경의 책상을 중심으로 오른쪽 벽에 걸린 월중 행사계획표에 야유회가 들어 있는 것을 뺀다면 계절과는 아무런 상관이 없는 월말. 교육생들의 교육 평가 회의를 위한 회의 자료를 준비하는데 우편물이 배달되었다.

그의 부인이 보낸, 수익자 란에 인경의 이름이 선명한 보험증권. 증권을 손에 든 인경의 손이 떨렸다. 그의 아내의 짧은 메모가 들어 있었다. 어쩌자고 그는 인경을 수익자로 지정했을까. 인경은 행사계획표의 숫자들을 읽고 있었다. 10월 30일. 월요일. 신규 마감일……. 신규 마감일……. 신규 마감일……. 숫자와 단어들이 아무 의미없이 그저 하나의 문양처럼 보였다. 동굴 속의 벽화처럼……. 죽은 자들의 부활을 꿈꾸며, 그려 넣었을 문양들……. 벽화 속의 춤추는 여자들……. 활을 쏘는 남자들……. 바람에 날리는 말갈기……. 죽음은 또다른 삶의 표현일 뿐인가? 생명이 있으므로 먹잇감을 구해 오는 것이 남자들의 삶이었다면, 여자들은 그런 남자들을 위해 춤추고 노래하는 것이 생명을 잇는 하나의 방편이었는지도 모른다. 꺼이꺼이 목 놓아 울고 싶었다. 두 다리를 쭉 뻗고 앉아 악을 쓰며 울면 그가 돌아올까. 마치 일주일쯤의 출장을 갔던 남편이 집으로 돌아오듯, 그가 안개 속을 성큼성큼 걸어 나와 인경의 어깨를 안아줄 것 같았다.

우연이었다. 그녀를 만난 것은. 분기별 영업 마감을 마치고, 회식이 있었다. 해물탕 집에서 거나해진 영업국장을 선두로 노래방으로 향했다. 회식은 늘 노래방으로 이어졌다. 마감 후 스트레스를 푸는 한 방법이기도 했다. 집에 가고 싶은 사람은 먼저 가라고 해도 좋으련만. 눈동자가 반쯤 풀린 채 쌍꺼풀이 더욱 짙어진 국장은 우린 한 배를 탔다, 다함께를 연신 들먹이며 누군가 먼저 집에 가면 큰일이라도 날 것처럼 위악적이었다. 가파른 지하 노래방의 계단을 조심스럽게 내려갔다. 긴 머리를 날리며 반쯤 눈을 감은 채 비파를 켜는 여인들이 양각된 유리창으로 가려진

방들. 밖에서 안을 볼 수 있어야 한다는 법적 논리로 만들어 놓은 안이 보일 듯 말 듯한 유리창 사이로 남자들과 어울려 노래를 하는 여자가 보였다. 가슴이 깊게 파인 목련꽃빛 원피스를 입고, 넥타이를 이마에 맨 남자들과 블루스를 추는 여자. 천장에 매달린 싸이키 조명을 받은 여자의 얼굴이 빨강색이었다가 노랑색으로, 다시 파랑색으로 변해가고 있었다. 노래에 맞춘 그녀의 몸짓이 물처럼 흐르고 있었다. 한쪽으로 밀쳐진 탁자 위에는 단속 방지용 맥주가 담겨 나오는 물통이 굴러다니고 있었다. 노래방 도우미인가. 시간당 얼마라는 노래방 도우미. 결혼을 했는데도 군살 없이 몸매가 살아 있는 젊은 여자들이 전문지식 없이도 쉽게 할 수 있다는 일.

몇 곡인가 노래를 부르고 화장실에 갔을 때, 거울 앞에서 담배를 피우는 여자가 있었다. 남자들과 조명을 받으며 블루스를 추던 여자. 인경을 본 여자의 눈이 멈칫했다.

인경을 향해 풋, 웃음을 날리며 그녀가 말했다.

"사는 거? 살아 있다는 거? 참 별거 아니죠?"

담배를 든 그녀의 하얀 손목에 푸르스름한 정맥이 솟아 있었다.

인경은 휘청거리는 다리에 힘을 주며 여자 앞을 지나 화장실로 들어갔다.

하루

멸치 떼다. 파도를 뚫고 유유히 헤엄치는 멸치 떼.

왜 그들은 먼 바다로 가지 않고 자꾸만 뭍을 향해 몰려들까.

밤 그물에 걸린 그들의 파닥거림.

그 푸른 등에서 쏘아올린 푸른 빛.

제 등의 푸른 빛을 잊어 버린 채 빛을 찾아 헤매는 그들의 속성.

전화받으세요, 전화받으세요. 벨소리 서비스에서 다운받은, 톤이 높은 벨소리가 눅눅한 아침 공기를 가른다. 설거지를 하며 끼고 있던 고무장갑을 벗어 한쪽 손에 들고 전화를 받았다.

"여보세요?"

"응, 나. 밥 먹었어? 오늘 모임 있는 거 알지? 12시야. 12시. 늦지 말고 빨리 와."

"그래. 알았어."

"한 달에 한번 만나는 건데. 빨리 와. 우리 집이야. 우리 집으로 와."

"비 안 오니?"

"뭐야. 비 오면 안 올거야?"

은지다. 비가 온다는 건지 안 온다는 건지 속사포처럼 쏘아대고 전화 저 편으로 사라졌다. 아주 잠깐 수화기를 들고 멍하니 바라보다가 내려놓았다. 멍하니 바라본 아파트 앞 동의 빨간 페인트가 거무죽죽하게 죽은 걸로 보아 비가 내린 모양이다. 그대로 앉아버리고 싶은 걸 허리를 한 손으로 받치며 일어났다. 몸이 무겁다. 나가려면 정리를 해야겠지. 고무장갑을 다시 끼고 설거지를 계속했다.

얼굴이라도 보고 살자고 시작한 모임이 벌써 3년이 넘었다. 한 달에 한번 얼굴을 보는 거라지만 이제 싫증이 나려고 한다. 서로를 너무나 잘 아는 것도 스트레스다. 고향 친구들로 배꼽 옆에 있는 점까지 서로 모르는 게 없는 친구들이다. 어린 시절 바닷물 속에서 첨벙거리다 나와 갯돌밭에서 몸을 말리며 머리에 엉긴 소금 털어낼 때가 좋았다. 햇볕에 따뜻해진 갯돌을 한쪽 귀에 대고 가만히 고개를 기울이면 귀에 들어간 물이 흘러나오곤 했다. 하루 해가 다 지도록 수영복도 샤워장도 없이 그저 속옷 차림으로 물속에서 개헤엄 치며 놀았다. 갯돌 두 개를 마주 잡고 부딪쳐 깨뜨려 깨진 돌에 침을 바르고 붙여, 다른 친구와 갯돌을 부딪쳐 떨어지지 않고 붙어 있는 쪽이 이기는 갯돌놀이. 서로 갯돌을 부딪치기까지의 조마조마한 마음이 갯돌

치기의 가장 큰 재미였을 것이다. 막상 부딪쳐 이기면 아, 이겼다, 환호성으로 끝나는, 그래서 싱겁기도 한 놀이. 돌을 잘 깨고, 요령껏 부딪치는 것이 기술이기는 했지만, 그냥 신나는 놀이였다.

'기집애, 뭐가 저리 신날꼬?'

은지의 신나하는 듯한 목소리를 생각하며, 식기건조기 아래에 있는 붙박이 라디오의 스위치를 눌렀다. 지지직. FM에 맞춰진 채널은 늘 지직거린다. 지직거림이 멈추고, 차분한 목소리의 DJ가 선곡을 한다. 다음 곡은 아그네스 발차의 8시에 기차는 떠나고, 입니다. 볼륨을 높였다. 카테리니역을 8시에 떠나는 기차. 지하운동을 하던 연인이, 사랑하는 사람이 8시에 그 기차를 타고 떠난다. 비밀을 안고 떠난다. 쫓기며 떠난다. 그럼에도 역에 나갈 수가 없다. 결국 기차는 떠난다. 사랑하는 사람을 만나지 못한 채로 기차역에서 홀로 운다……. 아그네스 발차의 호소력 짙은 목소리가 집안을 가득 채운다.

결혼 10년 째. 누군가 결혼 적정기간을 8년으로 하자던데, 그럼 나는 벌써 2년이나 초과되었다. 유통기한, 아니 적정기한이 넘어버렸다. 마치 벽걸이 수족관 안의 붕어처럼, 흐르는 듯 멈추어진 듯 그날그날을 되풀이 하는 것 같은 남편과의 날들. 한때 생각만으로도 전율하던 때가 있기나 했던가. 아득하기만 한 열정이라곤 좁쌀만큼의 크기도 안 되는. 침대에서의 불편함과 심드렁함. 살아 있는, 생명이 있는 붕어는 배를 보여주지 않는다. 어느 날 갑자기 물위에 허연 배를 뒤집고 떠오르는 붕어의 죽음은 타인을 향한 끝 없는 스스로의 배신인지도 모른다. 복병처럼 일격을 가하는 떠오른 붕어는 바로 건져내야 한다. 뭉개진 살에서 악취가 나고 살아 있는 붕어들까지 병들어 죽 게 할 것이므로. 붕어가 죽었을 때, 아이는 눈물까지 흘리면서 모종삽을 들고 가 화단 한 켠에 붕어 무덤 을 만들었다. 그리고 그 앞을 지나갈 때마다 봉긋 솟 아 있는 화단을 가리키며 엄마, 저기가 붕어 무덤이 야, 속삭인다. 하지만 내게 죽은 붕어는 쓰레기일 뿐 이다. 붕어의 본분은 살아서 헤엄치거나, 죽어서는 냄비 속에서 저녁 식사의 탕거리로나 유용할 테니. 어떤 경우든 정리를 할 수 있어야 한다. 시간이 흐르 면, 봉긋하게 올라온 흙이 비바람에 평평해지면 붕어 따위는 까맣게 잊혀질 것이다.

기분이 가라앉는다. 커피메이커에서 커피를 내린 다. 이내 커피 향기가 모래사장의 모래를 적시듯 번 져온다. 라디오를 끄고, 머그잔 가득 커피를 따라 거 실로 들고 나왔다. 기차는 8시에 떠나네,를 오디오에 반복으로 걸었다. 한결 맑은 음으로 선율이 흐른다. 커피잔을 손에 들고 창밖을 내다본다. 커피향 때문인가? 뭔가 아련한 그리움 같은, 손에 잡히지 않는 그것. 날씨가 흐리다. 잘 다듬어진 공원에도 사람이 없다. 평소 같았으면 축구경기장에서 조깅을 하는 사람이 많을 텐데. TV에서 시도 때도 없이 보여주는 건강에 관한 프로그램들. 왜 그렇게 운동하라고 떠들어대는지. 살아 있는 동안 추구해야 할 삶의 질을 알려주는 것이 아닌 그저 오래 사는 것이 진리인 것처럼 삶의 양만을 알려준다. 오히려 위험한 것은 돈 없이 오래 사는 것이다. 그런데도 사람들은 마치 이백년이라도 살듯이 기를 쓰고 운동장을 돈다. 운동하지 않으면 금방 죽을 것처럼.

제법 바람이 많이 부는지 공원관리사무실 벽에 면해 붙어 있는 국기봉에서 휘날리는 태극기가 아우성이라도 쳐대는 것 같다. 연줄을 끊듯, 툭, 줄을 끊으면 금세 멀리멀리 날아갈까? 상념이 끝없이 꼬리를 물고 이어진다. 칸칸이 반듯하게 선이 그려진 주차장에 스포츠카가 한 대 들어와 멈춘다. 하늘이 잔뜩 흐린데도 세차를 했는지 번쩍번쩍 광이 난다. 이윽고 커다란 가방이 내려지고 연미복을 입은 신랑과 하얀 드레스를 입은 예비 신부가 내린다. 도우미가 신부의 드레스 자락을 높이 쳐든다. 순간 드레스 안에 입은 희부죽죽하게 색이 바랜 청바지가 드러난다. 드레스 자락이 땅에 쓸려 얼룩질까 신경쓰느라 드러난 청바지 따위에 관심을 갖는 사람은 없는 듯하다. 결혼 전야의 촬영을 하러 온 모양이다. 내게도 한때 저런 때가 있었다.

통장에 잔고가 얼마나 남았을까. 아니 이미 마이너스다. 알면서도 자꾸만 헤아리느라 머리가 더욱 복잡해진다. 회비를 내려면 카드로 현금서비스를 받아야 할 것이다. 돌아가며 차례로 내려받기를 하는 회비는 낼 때마다 부담스럽다. 오늘 은지가 마지막 순번이니 어쩌면 오늘 뽑기에서 내가 일번을 뽑을지도 모른다. 확률 구분의 일인데도 희망을 걸고 싶어진다. 갑자기 생기가 돈다. 손에 들고 빙빙 돌리던 커피를 단숨에 들이켰다.

결혼할 때 샀던 구형 청소기를 들고 나왔다. 아무렇게나 흩어져 있는 아이들의 장난감을 주워 대충 바구니에 담고 청소기를 돌렸다. 청소기의 윙 소리에 아그네스 발차의 목소리가 묻힌다. 빨리 오라던 은지의 목소리가 생각나고, 갑자기 마음이 바쁘다. 청소기의 흡입 단계를 한 단계 더 높인다.

청소를 마치고 꼼꼼하게 세수를 한 후 거울을 봤

을 때 어, 누구세요? 나도 모르게 비명에 가까운 말이 튀어 나왔다. 이럴 수가! 오늘 모임을 위해 어젯밤에 마사지까지 했는데. 오이를 강판에 갈아 조심스레 얼굴에 붙였다 떼어내고, 스팀 타월로 마무리까지 했을 때, 얼굴은 한결 부드러웠다. 콧노래까지 부르며 보송보송해진 피부에 영양크림 듬뿍 바른 후 두드리고 나자 탱탱해진 피부는 눈가의 주름마저 지워주는 듯했다. 그런데 어제의 말간 피부는 간 곳이 없다. 수척해진 눈가엔 기미가 푸르르 올라오고 피곤이 덕지덕지 묻어 있다. 밤새 컴퓨터 앞에 앉아 또 고스톱을 즐긴 탓이다. 식구들 모두 잠든 밤이면 밤마다, 벌써 반년 째다. 언제부터인가 막연하게 소설이란 걸 써 보고 싶었다. 늘 노트에 뭔가를 끄적여오다가 정말로 소설을 쓰려면 컴퓨터에 써야 할 것 같았다. 그래서 컴퓨터 앞에 앉기 시작했는데, 어느 순간 정신을 차려보면, 늘 고스톱을 치고 있었다. 보이지 않는 그들을 만나 하룻밤을 지새우는 것이 소설 쓰기에 어떤 도움이 될지 아직 모르겠다. 사실 고스톱은 시금치를 뜨거운 물에 데쳐내듯 후줄근하게 나를 적셔내는 것인지도 모른다. 소설도 고스톱도 어울리지 않는 악세사리 같은 것이 아닐까. 낡은 청바지 위에 입은 웨딩드레스처럼. 그녀는 드레스 자락을 활짝 펴고 사진을 찍을 것이다. 그리고 거실 한쪽 벽에 실물보다 더 큰 사진으로 인화해 걸 것이다. 그러면 그 안에 입은 청바지쯤은 감쪽같이 감추어진 채 화사하게 웃는 그녀의 모습만 넘쳐날 것이다. 나의 겉멋처럼…….

간간이 떨어지는 빗방울을 피해 차에 올랐다. 까마귀 날자 배 떨어진다더니 모처럼 외출을 하는데 비가 내린다. 자동차엔 송홧가루가 날아와 누런 얼룩처럼 뭉쳐 있다. 차라리 비가 많이 내리면 세차라도 될 것 같은데, 빗방울은 차의 얼룩을 더 도드라지게 하고 있다. 워셔액을 쭉 뽑아올리고 윈도우 브러쉬를 작동시켰다. 덜커덕거리며 부챗살처럼 퍼지는 윈도우 브러쉬의 작동선을 따라 꽃가루가 밀려난다. 제 길을 잃은 꽃가루들이 삶에서 밀려나는 순간이다. 라디오의 버튼을 눌렀다. 주인 없는 차 안에 마치 주인인 양 버튼 구석구석까지 올라 앉아 있던 노란 꽃가루들이 날아오른다. 가볍다. 집게손가락의 움직임에 따라 날아오르는 가루처럼 마음은 벌써 뽑기의 패를 뒤집고 있다. 안테나가 스윽 올라가며 피아노소나타가 이어진다.

차가 밀린다. 외곽도로를 내면서 나들목에 해당하는 할인점 앞이 오히려 밀린다. 애초에 할인점을 세우면서 교통영향평가를 하기나 했는지 모르겠다. 무슨 기준으로 교통영향평가를 하면 이렇게 복잡한 도로에 허가가 나는 걸까. 거기에 공사까지 겹친 모양이다. 라디오의 채널을 바꿨다. 쿵 짝, 쿵 짝. 사랑은 아무나 하나~. 시원하다. 볼륨을 한껏 높이고 핸들에 손을 두드려가며 박자를 맞춘다. 나란히 선 옆 차의 아저씨가 힐끔거리며 쳐다본다. 보거나 말거나 소리를 지르듯 노래를 따라한다. 가벼운, 아주 가벼운 일탈이 아닐까. 때로 남의 시선 무시하고 하고 싶은 대로 하는 것. 차 안에서 음악 크게 틀고 노래하는 것. 기분전환엔 그도 한 방법인, 그것은 끈적하게 묻어나는 작은 유혹이다.

엘리베이터의 문이 열리자 복도 가득 웃음소리가 메아리친다. 벌써 모두 왔나보다. 아이들의 울음소리도 들리고, 쿵쿵거리는 소리까지 햇살에 먼지가 떠 있듯 떠다닌다. 딩동. 벨을 누르고 곧바로 문을 열고 들어간다. 벨은 내가 왔다는 신호일 뿐 문이 열리길 기다릴 필요는 없다. 어서 와. 친구들이 합창하듯 인사를 한다.

미성이 아이들에게 밥을 먹이려는지 밥그릇과 숟가락을 들고, 한쪽 손으로 밥그릇에 묻은 국물을 훔쳐내며 부엌에서 나온다. '기집애, 애들 좀 맡기고 오지.' 한마디 하려다가 눌러 삼켰다. 미성이의 얼굴에

주름살이 한두 개 늘쯤 아이들은 더 이상 엄마를 따라오려 하지 않을 것이다.

거실 한가운데 펴 놓은 교자상에선 상추랑 깻잎이 곧 밭으로 날아갈 듯 싱싱하다. 상 옆에 신문을 깔고 경숙이 삼겹살을 굽고 있다. 지글거리는 불판에서 문희가 삼겹살을 접시에 담아낸다.

"어머, 뭘 이렇게 많이 장만했어?"

"어머, 얘는. 삼겹살밖에 없어."

뭘 하는지 씽크대에서 바쁜 은지를 향해 칭찬 겸 인사를 했다. 생각보다 낮은 내 목소리에 내가 먼저 놀랐다. 은지는 손에 투명 비닐장갑을 낀 채 고개를 쭉 빼고 허리를 뒤틀어 인사를 받았다. 나물을 무치는 모양이다.

"상다리 휘겠네."

"신랑은 잘 있니?"

"애들은 어때? 요새 신종 플루 유행인데 괜찮아?"

"응, 그렇잖아도 애들 감기 때문에 날마다 병원 다닌다."

"근데 아직 누가 안 왔네."

서로 한마디씩 거들어 가며 인사를 나눈다.

"응, 선미가 못 온다네. 애들이 아파서 못 오겠다고 하더라."

은지가 얘기한다. 정순이 상추에 삼겹살을 올리고 마늘, 된장 고추에 밥까지 가득 넣어 한입에 밀어 넣는다. 커지는 눈, 터질 듯하는 볼에서 금방 밥알이 튀어나올 것 같다. 상추쌈 때문인지 얼굴이 붉어진다. 저래서 시부모 앞에서는 상추쌈을 하지 말라고 하나 보다.

"모임하면 제일 신나는 게 선민데, 이를 어째?"

"독감 예방 접종도 했는데 소용이 없다네."

봄인데도 전국적으로 유행하는 감기는 선미의 아이들뿐만 아니라, 병원마다 환자를 넘쳐나게 만들고 있었다.

"전화라도 해 봐야겠네."

휴대폰을 꺼내는데, 은지가 무슨 말인가 하려는 듯 나를 쳐다본다. 왜? 눈으로 물었지만, 은지는 그냥 고개를 살짝 흔들며 일별했다. 선미에게 전화를 했다. 총 맞은 것처럼, 컬러링의 신호음은 가는데 전화를 받지 않는다.

"병원에 갔나? 전화를 안 받네."

은지가 김이 모락모락 올라오는 잡채 접시를 들고 나온다. 해물 잡채인지 통통히 살이 오른 오징어 위에 통깨가 뿌려져 있다. 시금치와 당근, 오징어, 달걀 지단, 당면, 통깨까지, 자신들이 가진 색이 한껏 살아

난 잡채는 보기에도 먹음직스럽다.

오늘따라 수애가 더욱 돋보인다. 약간 뚱뚱하다 싶은 몸매여서 늘 다이어트 얘기를 입에 달고 사는 수애다. 골프로 몸매 가꾸기를 한다더니, 좀 더 날씬해진 것도 같다. 가슴까지 길게 U자형으로 파인 딱 달라붙은 반짝이 티에 인어스커트로 불리는 플레어스커트를 입어 몸매를 한껏 드러내고 있다. 곧 젖가슴이 보일 듯한 가슴 위로 목걸이의 커다란 팬던트가 흔들린다. 수애가 숨을 쉴 때마다 팬던트까지 흔들리는 것 같다. 왠지 불안하다. 기집애. 애인은 잘 있나 몰라? 지난번 모임 때 남자 친구가 어쩌고 하더니, 오늘은 더 화려한 게 아무래도 수상하다.

"야, 지난 주에 앙코르와트 갔다 왔다. 한번쯤 가볼만하더라. 일주일 있었는데, 필드에 두어 번 나가고, 별로 재미는 없더라만. 내가 살아 있다는 게, 산다는 게 참 아련하더라. 곧 유물 관람금지 된다니깐 너희들도 시간되면 가봐라. 사원 자체에 나무들이 뿌리를 내려서 완전히 사원과 나무가 하나가 되었는데, 어쩔 수가 없다네. 나무를 베어 내면 사원이 무너지니깐. 아예 나무에 성장 억제제를 주입해서 더 이상 크지 못하게 막는 게 최선이래. 사는 것도 마치 그런 것 같아. 늘 삶과 죽음이 공존하는."

"그럼 내 선물은 어딨어?"

금숙이 선물 이야기를 꺼낸다.

"선물? 얘, 챙길 사람이 얼마나 많은데, 너희까지 못 챙겼다. 이해해라."

언젠가 해외 관광프로그램에서 봤던 앙코르와트의 모습이 생각났다. TV 화면 속 모습과 실제의 모습은 많이 달랐을 텐데. 수애는 시간되면 가보라고 하지만, 지금 나는 시간이 필요한 게 아니라 돈이 필요하다. 수애는 무슨 생각을 하고 왔을까. 그곳에 통곡의 방이 있다던데. 텅텅 손으로 가슴을 치며 울면서, 통곡하는 방. 통곡하고, 통곡하며 듣는 마음의 소리라면 진실함일 것이다. 내 집, 늘 시린 가슴 한 켠에 자리한 나만의 방. 혼자 도사리고 앉아 통곡의 너울을 넘는 방. 앙코르와트에 가지 앉아도 늘 자리한 나만의 방.

"그쪽 사람들은 어떻게 살아?"

통곡의 방을 생각하며, 내가 물었다. 과거와 현재가 함께하는 그곳 사람들의 살아가는 방식에도 특별함이 있지 않을까 싶었다.

"뭐, 사람 사는 거 다 마찬가지지. 있는 사람은 있는 대로, 없는 사람은 없는 대로."

"애인은 잘 있구?"

"어머, 얘는. 애인은 무슨……."

수애의 여행 이야기에 금숙이 수애의 애인을 들먹
인다. 한발 뒤로 빼는데 수애의 휴대폰이 울린다. 젓
가락을 든 채 발신번호를 확인한 수애가 휴대폰을 들
고 베란다로 나간다. 그럼 그렇지. 말끝 잘라먹는다
고 모르니? 궁금증이 피어오르는 친구들 모두 수애의
얼굴에 시선이 꽂힌다.

"으응, 친구들하고 모임 있댔잖아요. 그래요. 응."

띄엄띄엄 나직나직한 코맹맹이 소리가 들려온다.
전화를 끊고 돌아오는 수애의 얼굴에 홍조가 돈다.
금숙이의 얼굴이 곱지 않다.

"애인이야?"

"웬 애인? 글쎄, 해외 나가서 보니 우리나라처럼
살기 좋은 나라도 없더라."

수애는 친구들의 호기심 따위는 아랑곳없이 제 하
고 싶은 이야기를 한다. 또 시작이다. 반쯤 자랑으로
시작되는 이야기들. 시작은 늘 나는 정말 싫은데도
어쩔 수 없었다, 인데 이야기를 끝까지 듣고 나면 왠
지 속은 느낌이다. 푸념도 자랑도 아닌 이상한 생의
변주곡. 애인 이야기에 발끈하며 얼굴이 붉어지는 수
애를 보며, 금숙이 슬슬 약을 올리기 시작한다. 늘 저
렇다. 우린 모두 초중고 모두 함께 부대낀 친구들이
다. 유감스럽게도 수애는 늘 반에서 꼴찌였다. 사실

이제와서 학교 성적 따위가 왜 중요한가. 결혼도 비슷비슷한 시기에 했고, 남편을 고른 기준도 비슷비슷했기 때문에 누가 특별하게 잘사는 경우도 없었다. 낳아 줬으니 결혼은 알아서 하라는 부모들의 태도도 모두 비슷했다. 최근 이삼년 동안에 그 비슷비슷함이 갑자기 허물어지기 시작했다. 맞벌이를 하면서 월세로 시작한 친구와 작지만 전세로 시작한 친구들 사이에 조금씩 차이가 나기 시작하더니, 어떤 친구는 부도 위기에 와 있었고, 어떤 친구는 남편의 외도로 머리가 아팠다.

수애만이 확연하게 달랐다. 직장을 그만두고 시작한 남편의 사업이 성공 단계에 와 있다. 수애는 이미 신데렐라다. 남편이 사업을 시작한 지 채 2년도 안돼서 50평대의 아파트를 마련하더니, 급기야 지난달에는 차까지 외제차로 바꾸었다. 그러면서도 직원들의 급여에 대한 이야기가 나왔을 때, 자기네는 남들보다 10만 원이나 더 준다며 생색을 내던 수애다. 아이들을 맡기고 출근해서 월 80만 원의 급여를 받아가는 수애네 직원의 삶과 수애네의 삶은 어떤 차이로 이해해야 할까. 수애를 두고 금숙이 약을 올리면, 화장실에 갔다가 볼일 못 보고 나온 것처럼 쩔쩔매는 수애다. 이상하게도 수애와 금숙이는 그랬다. 아마 오늘 수애는 집에 가면 아이들을 멸치 볶듯 들볶을 것이다. 애들이 누굴 닮아 이 모양이야? 제발 공부 좀 해라, 공부. 엄마가 학교 다닐 땐 날마다 일등이었다. 그래. 일등이었지. 뒤에서 일등. 자랑삼아 얘기하던 수애는 배에 바람을 잔뜩 넣은 채 오종쫑한 입을 내미는 복어처럼 입만 뚱하니 내밀고 있다.

"애인이지?"

그럴 줄 알았다는 듯이 친구들은 수애의 얼굴에서 시선을 떼지 못한다. 사실은 수애가 부러운 것이다.

"얘들이 촌스럽게 왜 이래? 요즘 애인은 필수인 거 몰라? 애인 없으면 장애 6급이라더라."

"또 난리 블루스를 쳤구만? 너 설마 묻지마 관광을 간 건 아니지?"

금숙이의 딴지 걸기다.

"어머 얘는. 날 뭘로 보고?"

"우리도 어디 한번 가 보자."

"그래. 가자. 날 잡아라."

3년 동안 모임 때마다 나왔던 얘기다. 만날 때마다 의견은 분분한데 아이들을 두고 모두 모여 어딘가를 가기가 쉽지 않다. 근데 우리 아파트에서 이번에 난리 났다. 글쎄. 아래층 아저씨가 아줌마를 죽도록 패는 거 있지. 시간, 돈, 아이들, 그리고 남편……. 어느

것 하나 쉬운 것이 없다. 그저 만나면 희망사항을 말
하는 것이다. 그렇게 이야기하며 반나절쯤 시간을 죽
이는 것으로 모임이 끝난다. 그리고 아이들 올 시간,
남편이 올 시간이라고 뿔뿔이 흩어져 집으로 돌아간
다. 그렇게 한 달을 보내는 것이다. 늘 그렇게. 결국
경찰차까지 왔는데, 더 웃긴 건 경찰이 아저씨를 잡
아가려고 하니까 아줌마가 울면서 사정하는 거 있지.
자기는 괜찮다고.

식사가 끝나자 은지가 화투를 들고 나온다. 이야
기에 이야기가 꼬리를 물고 이어지면서 섞인다. 야,
그 여자 바보 아니야? 오랜만에 서로 만나 신경전 벌
이는 것보다 백 배 나은 것이 고스톱이다. 우리 모임
의 놀이 문화다.

도대체 그 여자는 몇 살이야? 수애가 짝을 맞추기
시작한다. 아이들이 이 방 저 방으로 뛰어 다닌다. 아
이들 등살에 화투를 제대로 칠 수나 있으려나? 아마
마흔 중반 정도 됐나? 안 됐는지도 모르겠어. 화투짝
이 맞지 않는다. 마흔여덟 장의 화투 패에 보너스 패
두 장. 그런데 똥쌍피가 한 장 부족하다. 보너스인 다
이몬드 한 장을 똥쌍피로 하기로 한다. 글쎄 그 아저
씨가 결혼해서 이날 이때까지 하는 짓이라곤 바람 피
는 거밖에 없대. 근데 왜 패? 1점에 백 원 하는 고스

톱 쳐서 살림을 장만할 것도 아니고, 어차피 도박사와도 거리가 멀다. 은지가 패를 가르며 선보기를 한다. 마흔 중반인데도 그래? 마흔이면 불혹 아닌가? 일부터 십까지의 끝수 화투패로 선후를 정한다. 밤일 낮장. 아직 한낮이니 끝수가 높은 쪽이 선이다. 금숙이 똥쌍피를 대신한 다이아몬드를 뽑아 선이다. 모르지. 바람 피며 만나는 그 여자가 또 딴 남자하고 바람을 피웠는지. 고스톱을 치는 패와 구경하는 패로 나뉜다. 아이들은 멸치 튀듯 톡톡 튀며 온 집안을 반쯤 뒤집었다. 마흔이면, 피우던 바람도 정리할 때쯤 되지 않을까? 글쎄, 사람들이 나이를 먹으면 갈수록 뻔뻔해지는 것 같아.

커피가 나왔다. 어머 웬일이야. 은지가 돼지 저금통의 배를 갈라 동전을 가져오고, 판이 서서히 무르익기 시작한다. 다짜고짜 패는 데는 약도 없어. 앗! 쌌다. 아니 근데, 그 아줌마는 경찰이 아저씨 잡아갈 때 왜 말려? 잡혀가서 피똥 싸게 두들겨 맞아야 시원하겠구만. 때리는 놈도 맞아봐야 얼마나 아픈지 알 거 아냐? 경찰이라고 아무나 때리면 그도 큰일이지. 야! 똥 먹어라. 잠자리 기술이 좋은가? 쓸이다. 바닥에 놓인 패가 없다. 기술 좋으면 때려도 된단 말이야? 그게 말이 되니? 낙장불입, 광박, 피박, 쇼당, 고스톱 판만의 온갖 은어들이 쏟아져 나온다. 그 아줌마 이쁜이 수술이라도 하지. 이쁜이 수술하면 바람 안 피운대? 얘는. 부부간의 일은 남이 절대로 모르는 것이여. 남자는 동서고금을 막론하고 능력이 있어야지. 설마, 웃기지 마라. 웬 능력? 잠자리? 그도 아니면 돈 벌어오는 것? 슬슬 오늘의 승자의 윤곽이 그려진다. 오늘도 역시 수애의 끗발이 오르기 시작한다. 그 수술은 아무렇게나 하는 줄 알아? 요즘에 멸치 나나? 남편 그거가 큰가 안 큰가 물어 본다더라. 수애의 어젯밤 잠자리가 좋았나? 앞에 돈이 수북하다. 비교치가 없는데 큰지 작은지 어떻게 알아? 아, 딱 좋은 방법이 있네. 딴 남자랑 한번 자보면 되겠네. 근데 여자가 바람 피면 남자는 어떻게 해야 돼? 응, 요즘 멸치가 통 안 난다던대. 그래서 멸치가 금값이래. 아예 사이즈별 그림을 보여준다던대. 당장 필요하면 집에 있는 거라도 좀 줄까? 패를 당해 낼 수가 없네. 모임 때마다 돈 따는 사람은 수애다. 멸치만 해도 그래. 어차피 몰려다니잖아. 그래서 한 그물에 걸리는 거고. 그런 인간은 충장로 한가운데 세워 놓고 지나가는 사람들 모두 딱 한번씩 바늘로 쿡 눌러 찌르고 가야 해. 자꾸만 이야기가 얽힌다. 수애가 오늘도 확실하게 차비에 저녁 부식비까지 챙길 모양이다. 역시 학교 성적은 삶에서 별 도움이 되지 않는다. 그림보고 고르기만 하면 된대.

수애가 쓰리고를 외친다. 수애를 향한 야윤지 바람피웠다는 그 남자를 향한 야윤지 금숙이 이죽거린다. 여자가 바람 피면 남자는 딱 두 가지래. 패는 각자 두 장씩이 남았다. 이혼을 불사하거나, 아니면 눈 딱 감고 모른 척하는 거라는대? 이대로라면 정순이도 금숙이도 쓰리고, 피박에 광박이다. 수애가 상한가를 칠 것 같다. 긴장이 흐르고, 미성이 시끄럽게 하는 아이들을 조용히 시킨다. 남자들이 얼마나 약은데, 누가 지 자식 친엄마처럼 키워줄 것 같애? 그래서 모른 척한다는 거야. 쓰리고만으로도 판은 이미 배 판이다. 정순이 슬쩍 패를 금숙이에게 보이며 다이아몬드 패로 대신한 똥쌍피를 내려 놓는다. 첫출이다. 서로 즐긴다 이거지? 세상 참 더럽네. 똥광을 쥔 수애가 입이 함박만해지면서 망설임 없이 패를 날린다. 요즘 처녀의 기준이 뭔지 알아? 6개월만 남자랑 안 자면 순수 처녀라더라. 얘가, 얘가 사람 잡네. 순간, 아, 이를 어째! 쌌네! 화투를 치는 친구들이나 구경하는 친구들이나 모두 놀라며 조용해진다. 수애 얼굴이 종잇장 구겨지듯 일그러진다. 좋아라! 비명처럼 금숙이가 박수를 친다. 여유만만하게 금숙이가 판을 쓸어가고, 피까지 보태니 역전, 상황 끝이다. 딱 3점으로 금숙이

났다. 고도의 흥분은 심장에도 무리야, 금숙이 어깃
장을 놓는다. 쓰리고 배 판에 광박 피박까지 기대했
던 수애는 결국 독박으로 정순의 돈까지 물어준다.
난 요즘 남편을 오빠라고 불러. 잠자리 안하고 살면
그게 바로 오누이 아냐? 그래서 오빠라고 불러. 문희
의, 엉뚱하다 싶은 문희의 말에 모두 멈칫 한다. 오
빠? 머릿속에 들어 있는 필름을 순간 리와인드한다.
남편도 동의하던데 뭐. 다시 문희가, 못을 박듯 중얼
거리고, 분위기가 썰렁해진다. 오빠. 그냥 모르는 척,
못들은 척, 모두 시치미를 뗀다. 금숙이 자신 앞에 놓
인 잔돈들을 헤아려보더니 슬슬 수애를 약올리기 시
작한다. 고스톱 판의 가벼운 흥분과 남편에 대한 오
빠라는 호칭의 썰렁함이 묘하다.

　"야, 오늘 돈 딴 사람 누구야? 맛있는 것 좀 사보
지?"

　"패돌려. 겨우 차비 벌었네."

　수애가 화투판 아래 넣어 놓은 지폐들을 슬쩍 헤
아려보며 어물쩍 넘어가려 한다. 수애에게 독박을 씌
워 겨우 위기를 모면한 금숙이 슬슬 수애를 약 올리
기 시작한다.

　"야, 고스톱 판에서 돈 따서 날마다 들고 가는 사
람은 누구야?"

"날마다? 날마다는 무슨. 겨우 한 달에 한번이구만."

금숙이 수애를 약 올리거나 말거나 오히려 수애의 완승이다. 이쯤 되자 가시 세운 까치복어의 등판처럼 분위기가 살벌해진다.

"오늘 보자마자 둘이서 신경전 벌이더니 끝까지 해 볼 모양이네."

은지가 어떻게든 무마를 해보려 하지만. 사태는 이미 파국을 향해 달리고 있다.

"니가 시켜라. 시킨 사람이 돈 내야지. 니가 돈 낼 거야?"

"돈 딴 사람이 내야지."

"어머, 얘는. 이거 얼마 안 돼. 겨우 이만 원 조금 넘구만."

"그럼 너 오늘도 돈 들고 갈 거야?"

"당연한 걸 뭐 그렇게 어렵게 말해? 신성한 노동의 대가잖아. 왜 내가 돈을 내?"

"딴 돈 쓰는 것도 그렇게 아깝니?"

"그럼 넌 결국 돈 잃어서 기분 나쁘다는 거 아냐? 신성한 고스톱 판에서 표까지 보여줘 가며 치더니 왜 그래?"

"한두 번도 아니고 칠 때마다 따면서 한번쯤 쓰면

어때?”

　수애와 금숙이 설왕설래하며 시끄럽다. 배 들어온 어판장처럼 시끄러운 때문인지 잠에서 깬 듯 부스스한 경숙이 안방에서 나온다. 두 아이와 한참 터울지게 셋째를 낳더니 아직 부기가 빠지지 않아 얼굴이 푸석푸석하다. 고단한 모양이다. 젖을 먹이다가 잠이 들었는지 가슴께를 매만지며 옷깃을 바로 잡는다.

　“왜 그래? 누가 돈 땄어?”

　“얘는 겨우 돈 이만 원 가지고 왜 그러니? 열 받으면 피부미용에 나쁘다.”

　경숙이 말엔 아랑곳없이 수애가 금숙을 향해 일갈했다.

　“너 요즘 살기가 어렵니? 뭐든 말만 해라. 돈 이만 원에 목숨 걸지 말구. 내가 도와줄게. 친구 좋다는 게 뭐야.”

　이쯤되면 거의 수애의 완승이다. 수애는 금숙이가 씩씩거리거나 말거나 휘휘 벽을 더듬더니,

　“근데, 몇 시야? 나 은행시간 마감되기 전에 입금하러 가야 되거든. 어제 거래처에서 신랑이 수표로 가져왔지 뭐야. 천만 원 짜리 두 장인데, 수수료가 얼마나 될지 모르겠네. 이런 일은 신랑이 통 알아서 하는데, 오늘따라 번거롭게 하네.”

내뱉으며 자리를 털고 일어선다. 손에서 장어 미끄러져 쭉 빠져나가듯 은행에 가는 수애의 뒤통수에 대고 금숙이 분통을 터트린다.

"진짜 열 받네. 쟤 도대체 왜 저래? 내가 당장 죽어도 쟤한테 돈 빌려달라는 소리는 안한다."

"왜 그러긴. 돈 자랑했지. 아직도 쟤를 모르니? 근데 이번 달 카드는 어떻게 막을 거야?"

냉큼 정순이가 말을 받아 타오르는 금숙의 불길에 휘발유를 뿌린다.

"능력 있는 서방 만난 누구는 좋겠네. 근데 그런 서방 놔두고 애인은 또 뭐야?"

"그럼 결국 진짜 능력 있는 건 수애잖아?"

친구들이 한마디씩 섞는다. 수애의 애인을 본 친구들은 아무도 없지만 수애의 애인은 실물로 굳어간다.

"근데 수애는 바로 간 건가?"

"갔겠지. 설마 또 오겠니?"

"만나서 고스톱이나 치고 서로 신경전 벌이는 일이라면 우리 모임 그만하자."

갑자기 경숙이의 폭탄선언에 놀라 서로를 멀뚱멀뚱 쳐다보는데, 정순이가 이제야 사태 파악이 되나보다. 꼭 한 박자씩 늦는다.

"돈 많이 벌어라. 오나가나 그놈의 돈이 웬수잖니."

결국엔 돈 이야기로 오늘도 끝날라나 보다. 벌컥, 문이 열렸다. 수애다. 집에 간 거 아니었나? 서로 한 마디씩 주고받다가 들어서는 수애를 보고 찔끔한다. 우리가 흉보고 있었나? 흉이라니 사실을 말했을 뿐이지. 수애의 얼굴 표정이 아주 밝다. 아이들 몫으로 아이스크림이라도 사서 들고 올 만도 하건만 여전히 빈손이다. 기대를 말아야지. 한두 번 본 것도 아닌데.

"생각해 보니까 다음 달 뽑기를 안한 거 있지? 너네들 뭐 했니. 우리 얼른 뽑자."

수애의 재촉에 멀뚱한 표정으로 마치 남의 일이라는 듯 은지가 느릿느릿 피 일곱 장에 광 하나를 넣어 여덟 장의 화투를 섞는다. 오늘 안 온 선미 몫은 아예 빠졌다. 광을 뽑으면 다음 달에 회비를 모아 일번으로 받을 수 있다. 누가 먼저랄 것도 없이 패를 고르려 손을 뻗는다. 먼저 패를 뒤집은 금숙의 얼굴에서 실망이 묻어나고, 수애가 야호! 소리를 지른다. 더 이상 패를 뒤집을 필요도 없다.

"어떤 년은 뒤로 굴러도 돈통으로 구르네."

씁쓸한 입맛을 다시며 금숙이 한마디 하자 웃음을 흘리던 수애가 쐐기를 박는다.

"다음 모임 우리집이다. 다들 집에 안 갈래? 금숙아, 나 좀 태워다 주지? 아까 기사를 그냥 보냈더니 아쉽네."

수애의 만루 홈런이다. 금숙이 기가 막혀 손부채질을 한다. 그동안 자꾸 수애를 약 올리더니 오늘 한꺼번에 당하나 보다. 결국 수애를 태우고 가는 금숙이를 보고 차에 올랐다. 안전벨트를 매고 라디오를 켜고 휴대폰을 가방에서 꺼낼까 망설이다 그냥 둔다. 넉넉하게 잡아도 30분이면 집에 갈 것이고 하루에 한두 번 울릴까말까 하는 휴대폰이므로.

오늘이 몇 물일까. 한나절에 말린 멸치는 상품上品이다. 비에 젖어 한번 더 데쳐내면 상품商品으로서의 질이 현저하게 떨어진다. 누렇게 변해 희다못해 푸른 제 색을 잃어버리기 때문이다. 썩어가는 멸치를 보는 것만큼이나 마음이 무겁다. 친구들. 결혼하고 아이들이 커가면서 남은 건 얄팍한 이기심과 보이지 않는 서로의 경쟁심뿐이다. 라디오에선 사랑은 아무나 하나~가 흘러나온다. 이번 기회에 수애한테 부탁이나 한번 해볼까? 애인이든 친구이든 이런 날 전화라도 받을 수 있는 누군가가 있었으면 좋겠다. 남편에게 전화를 해 볼까. 발신자 표시로 나란 걸 알 테고, 그리고 못마땅하다는 듯 한마디 할 것이다. 뭐야. 비상이야. 바뻐. 집에서 얘기해. 무얼 얘기할까. 오늘 친구들이랑 고스톱 친 이야기? 돈 딴 수애 이야기? 그도 아니면 수애 애인 이야기? 수애 여행 다녀온 이야기? 정작 내가 남편에게 하고 싶은 이야기는 뭘까. 여보. 난 지금 몹시 외로운 것 같아요. 당신이 필요해요. 우울증 같아요. 나도 숨 쉬는 사람이에요. 관심이 필요해요. 생각이 꼬리를 물고 이어지는데, 남편의 짜증 섞인 얼굴 표정이 살아난다. 저 남자가 누구였더라? 2년을 연애하고 결혼하여 10년이나 살 부비고 산 내 남자가 맞을까? 적어도 오늘 저녁엔 뭔가 쓸 수 있을 것 같다. 고스톱이야 낮에 실컷 쳤고, 수애 이야기나 한번 써 볼까? 수애를 좀 더 날씬하고 귀여운 캐릭터로 만들고 그 외 친구들은 미안하지만 푹 퍼진 아줌마로 만들어야지. 고스톱 친 이야기 소설로 쓰지 말라는 법도 없을 테고, 수애 애인 이야기 썼다고 설마 수애가 쫓아오진 않겠지. 수애 애인을 제비로 만들까? 물 찬 제비. 사모님. 제비 한 마리 키우시죠. 후후.

지난번 모임 때 안부 겸 근황을 얘기할 때였다. 우리 월급 많이 줘. 대체 우리 직원이 하는 일이 뭐 있어? 점심 먹여주지, 월급 제때제때 분명히 지급하지. 80만 원 주면 많이 주는 거야. 일할 사람은 얼마든지 있거든. 요즘 아르바이트 시급이 4,150원인 거 아니? 너무 비싸. 도대체 알바가 일을 하면 얼마나 한다고. 그런데도 시급 올려 달라고 데모한다더라. 그렇게 안

줘도 일할 애들은 많아. 노동법 다 지키고 언제 돈 벌겠어? 그래도 일하는 애들도 생각해줘야지. 용돈이라도 벌자고 하는 건데, 노동법에 4,150원이면 최소한 그거는 주라는 얘기 아닌가? 야, 우리 동네 짜장면 값도 4,500원이더라. 이쁜 니가 많이 줘라. 너무나 당당한 수애의 의견에 정색을 하고 얘기했다간 싸움이 될 것 같아 농담처럼 웃으며 한마디 하고 말았다. 사업주인 수애네가 1년여 만에 아파트의 평수를 늘리고, 차를 바꿀 때 80만원을 받는 직원의 심정은 어땠을까? 수애의 하루 일과가 아침에 일어나, 사우나에서 몸을 풀고, 골프장에 가 운동을 하는 것인데, 하루 종일 사업장에서 일에 묻혀 그 뒷바라지를 하며 월급을 받아가는 직원의 심정. 어쩌면 보통 사람들의 심정이기도 할 것이다. 분명한 건 노동의 개념이 바뀌어야 한다. 자본주의 세상이기 때문에 능력에 따라 수입이 다를 수밖에 없으니, 억울하면 출세해라가 아니라, 이익의 분배 방식이 달라져야 한다. 같은 사업장에서 몇 억의 이익을 챙기는 사장과 월 급여 80만 원을 받으면서도 일해야 하는 관계는 분명 다시 생각해 보아야 한다. 급여 80만 원으로 할 수 있는 일들을 생각했다. 우리나라 4인 가족의 최소 기초 월 생활비가 125만 원이다. 교통비도 식비도 아이 유치원비도 아무

것도 쓰지 않고 모은다 해도 일 년에 960만 원이다. 정부에서 정한 최소 기본 급여도 채 90만 원이 안 된다. 그저 하루하루 먹고 사는 일에 급급해서 아무것도 못하는 것이다. 하고 싶은 일 다하고, 놀면서 재산을 늘려가는 사업주와 비교해 본다면 이건 계산이 되지 않는다. 급여에 관한 이야기가 나왔을 때, 수애가 보여 주었던 우리는 많이 줘, 하던 그 단호한 태도. 분배 방식이 바뀌지 않는 한 부의 편중은 계속해서 오히려 늘 수밖에 없다. 국제 경쟁력 확대만이 살 길이라며 경쟁력을 이야기하는데, 우리들의 삶은 어디를 향해 달려가고 있는가. 서비스업을 발전시키고 어쩔 수 없이 경쟁력이 떨어지는 농업은 포기한다. 너의 스펙을, 경쟁력을 키워라. 무엇이 경쟁력인 걸까. 너희 집은 애초에 가난했으니, 그대로 편안하게 이웃 부자의 심부름이나 하면서 주는 대로 받아먹어라. 네가 못사는 것은 너의 능력 없음 아니냐. 그럼 그 능력 없음의 골을 어떻게 메워야 할까.

희망드림이라던가? 일자리 창출이라며 5개월 단기에 월 73만 원을 받는 일자리를 만들고, 계약직으로 3개월 인턴을 만들어 실업자 수가 줄었다고 자평하는 정부. 학생도 군인도 모두 취업자로 분류되는데 주부는 실업자인가, 취업자인가? 나는 어디에 서 있는 걸까. 소설이 내 인생의 가없는 꿈이라면 보다 현실적으로 사는 방법은 당장에 돈 되는 일을 하는 것이다. 희망을 갖는다는 것 자체가 사치인지 모른다. 희망이라는 미래 가치를 위해 오늘 현가의 시간을 투자하기가 너무 버겁다. 내가 할 수 있는 일이 무엇일까? 식당에 가서 설거지를 하거나 대형 할인점에 가서 캐셔를 하는 것 외에 딱히 할 만한 일이 없다. 할인점이 들어서면 주위에 있던 영세 상인들은 모두 망하는 지름길인데, 좀 더 싸다는 이유로 할인점은 들어서고, 그 주위의 잉여 인력들, 특히 주부들은 시간제 캐셔로 흡수된다. 말은 그럴듯한, 일자리 창출이라는 말도 되지 않는 이유가 따라다닌다. 그게 가장 쉬운 건지도 모른다. 몸으로 때우는 것. 시간 지나면 집에 가 아무 생각 없이 자고, 또 다시 일어나 일터에 가고. 상황 판단이나 계산의 필요 없이 묵묵히 살아가는 것, 그것이 삶의 한 방편인지도 모르겠다.

집에 빨리 가야 하는데, 도로는 여전히 공사 중이다. 철제빔을 매단 포크레인이 허공을 가른다. 소음 속에서 빔이 곧 내 차로 쏟아져 내릴 듯 불안하다.

굵은 빗방울이 떨어진다. 세차가 되려나? 휴대폰이 울린다. 윈도우 브러쉬를 작동시키고 한 손으로 가방을 뒤져 휴대폰을 찾아 들었다. 은지다. 금방 헤어졌는데, 웬 전화일까 싶다.

"오늘 선미가 왜 안 왔는지 아니?"

은지가 뭔가 중요한 얘기라도 하는 듯 잔뜩 목소리에 힘을 주는 느낌이 든다.

"왜? 애기가 아파서 안 온 거라며?"

"아냐. 사실은 선미 지금 친정에 가 있어. 남편한테 맞고 병원에 입원까지 했었어."

"언제? 대체 얼마나 맞았길래 입원을 해? 그럼 앞으로 어떻게 할 건데?"

선미가 남편에게 맞아서 입원까지 했다가 친정에 있다는 갑작스런 은지의 얘기에 오히려 내가 정신이 없다.

"글쎄, 그게 가장 답답해. 남편은 연락도 없대."

은지의 말을 듣는데, 사거리 저쪽 편에 경찰이 서 있다. 운전 중 전화는 도로교통법위반이다. 정말 짜증이 난다. 늘 위태위태하더니, 이젠 때리기까지 한다고? 부부관계란 남들이 알기 어려운 뭔가가 있으니, 단언도 어렵겠지만, 선미는 어떻게 되는 걸까? 이혼하게 될까? 이혼하면 애들은 또 어떻게 될까? 애들 셋을 데리고 선미가 할 수 있는 일은 뭘까? 그냥 남편 쳐다보면서 맞으면서 기대어 살아야 할까? 무엇 때문에 싸웠는지는 모르겠다. 그동안 사업한다며 밖으로 도는 남편 때문에 마음고생을 하더니. 생활비도 제대로 안 주면서 늘 여자가 있는 것 같다던데. 기어이 선미가 남편에게 뭔가를 요구한 걸까? 머릿속이 시끄럽다.

순간 쾅 소리와 충격이 온몸으로 오면서 손에 있던 휴대폰이 날아간다. 어, 휴대폰. 휴대폰을 찾으려고 고개를 숙이는데 다시 쾅. 3중 추돌. 뭔가 끈적한 것이 이마를 타고 내려온다. 차에서 내리긴 해야겠는데, 문이 열리지 않는다. 웅성거리며 사람들이 몰려온다. 멸치 떼다. 파도를 뚫고 유유히 헤엄치는 멸치 떼. 왜 그들은 먼 바다로 가지 않고 자꾸만 뭍을 향해 몰려들까. 밤 그물에 걸린 그들의 파닥거림. 그 푸른 등에서 쏘아올린 푸른 빛. 제 등의 푸른 빛을 잊어 버린 채 빛을 찾아 헤매는 그들의 속성.

집에 아이들이 기다리고 있을 텐데. 밥이 있던가. 휴대폰은 어디 갔지? 남편에게 전화해야 하는 거 아닐까? 뿌연 안개 속으로 파도가 친다. 그 파도를 뚫고 라디오의 지직거림이 심해진다.

– 남해 먼 바다에 태풍주의보 발령. 항해하는 선박은 안전한 곳으로 피하시기 바랍니다. –

정신이, 어 • 지 • 럽 • 다.

아, 오빠.

파문

순간,

물이, 점점이 꽃으로 피어오르기 시작한다.

붉은, 꽃으로 가득하다.

붉은 꽃의 물결이, 파문이다.

그녀도 나도 붉게 물들어간다.

공^空의 세계에는 이렇다 할 실체도 없고 감정도 생각도 의식도 없고
감각의 주체도 없으며 빛깔이나 소리나 냄새나 맛이나
촉감의 관념도 없으며 그러한 것들의 모든 상대 또한 없느니라.
– 반야바라밀다심경 중 일부
(是故 空中無色 無受想行識 無眼耳鼻舌身意 無色聲香味觸法
無眼界 乃至 無意識界 無無明 亦無無明盡)

문

현금. 검정색 슈트 속에 하얀색 블라우스를 받쳐
입어 깔끔한 현금이 한 손에 휴대폰을 든 채로 수영
장이 있는 계단을 내려간다. 무선 전파로 수신되는
휴대폰의 이동 방향에 따라 현금의 동선을 실선으로
그린다면 실뭉치처럼 둥근 모양이 될 것이다. 빙빙
빙. 단조로운 현금의 일상. 그 단조로움이 손에서 휴
대폰을 놓지 못하게 한다.

수영장으로 통하는 독립된 출입문을 열고 들어가
면 접수처가 있고, 접수처의 오른편으로 여자 탈의실
과 남자 탈의실이 문을 달리하여 있다. 탈의실의 문
은 나무문인데 잠금 장치가 되어 있지 않았다. 누구

나 이용하는 다중시설인 때문인지 문은 안에서도 밖에서도 잠글 수 없게 되어 있다.

접수처 왼편으로 헬스장과 수영용품점이 자리 잡고 있다. 헬스장에선 유행하는 가요들이 스피커를 찢을 듯 크게 울린다. 회원들이 음악에 맞춰 운동 중이다. 수영용품점엔 비슷비슷한 디자인의 수영복과 수영모, 수경이 구비되어 있고, 여자 수영복 안에 브래지어를 대신하는 실리콘보조캡, 기타 자잘한 수영용품들이 있다. 용품점 옆으로 휴게실이 자리하고 있고, 다시 왼쪽으로 건물 전체 층을 연결하는 엘리베이터와 계단이 있다. 탈의실 문을 열고 들어가는 샤워장도 마찬가지, 문의 잠금 장치는 없다. 남녀 방향을 달리해 탈의실에 접해 있는 화장실을 지나 수영장까지 두 개의 문을 지나지만 역시 잠금 장치는 없다. 누구든 들어가고 누구든 나갈 수 있지만 반드시 성별을 지켜야 한다. 남녀로 나뉜 구조가 비슷한 공간에서 사람들은 가끔 착각을 일으킨다. 수영장 풀에서 나올 때 잠시 출입구를 혼동하면 남자가 여자 샤워장으로, 여자가 남자 샤워장으로 나올 수도 있다. 이상하게도 이런 혼동은 날씨가 흐리거나 비가 오는 날에 더 자주 일어나는 일이다. 저기압의 무거운 공기가 사람들의 뇌 속에도 영향을 미치는 모양이었다. 바뀐 샤워장으로 들어가는 외에도 샤워 후 수영복을 입는 것을 잊어버린 채 무심결에 수영장으로 들어가는 사람들도 있다. 샤워장에서 수영장으로 내려가는 계단이 있어 대부분 누군가에 의해 제지되지만, 하루나 이틀 쯤 뉴스거리로 떠돌다가 묻히곤 했다. 누구에게나 일어날 수 있는, 자주는 아니지만 가끔 그럴 수 있는 일이기도 했다.

층간 불을 모두 끄고, 직원들이 퇴근하고 없는 조용한 사무실에 혼자 앉아 있다. 당직 근무자가 지하 기계실에 있을 것이다. 수영장은 폐장을 했지만, 건물 내에 관리자는 항상 있어야 한다. 24시간 수영장 물관리를 해야 하기 때문에 근무자가 필요하다.

자리에 앉아 오늘 하루를 점검한다. 매출이 점점 떨어지고 있다. 겨울로 접어들면서 기온에 민감한 사람들이 운동을 쉬는 것이다. 수온을 28도로 맞춰 관리하지만, 사람들은 무의식적으로 물의 차가움을 먼저 생각한다. 11월부터 익년 2월까지 수영장 운영의 최대 고비가 된다. 여름 한철 수익을 남겨서 겨울을 나는 것인데, 지금까지 운영적자가 눈덩이처럼 불어 막막하다.

매출 집계표를 날짜별로 비교한다. 추운 날씨와

가스요금 인상으로 공과금은 전월대비 30% 이상 오를 텐데, 매출은 30% 이상 떨어지고 있다. 뭔가 대책을 강구해야 한다. 매출에 집중해야 한다. 연 평균 매출 30% 이상 목표 달성을 계획하고 직원 채용계약서에 사인을 한 현금이었다. 평년보다 오히려 수익이 떨어진다면 현금의 자리가 위태롭다.

사방이 적막하다. 문득 현금의 눈에서 눈물이 주룩, 흘러 내렸다. 하루 종일 사람들의 떠드는 소리로 가득했던 건물이 일시에 조용해지고 난 뒤의 적막감 때문이다. 썰물처럼 사람들이 빠져나가고 빈 사무실에 홀로 남을 때면 광활한 세상에 홀로 남겨진 듯 아득했다. 사람이 없어도 사람이 많아도 눈물이 나왔다. 이상하게도 사람들이 모여 단체행동을 할 때, 일사분란한 모습을 보면 눈물이 나왔다. 체육대회를 하면서 아이들이 동시에 체조를 할 때, 무용을 할 때 또는 동시에 합창으로 애국가를 부르는 장면에서도 현금은 자신도 모르게 눈물이 쏟아지곤 했다. 텔레비전의 화면에서 보는 합창마저도 눈물을 쏟게 만들었다. 마치 온몸이 전기에 감전된 듯 전율이 흐르며 불현듯 눈물이 나왔다. 자신도 모르게 울고 나면 온몸이 개운하게 맑아지기도 했다.

수영장에서 간헐적으로 들려오는 순환 물소리. 수

영장 한켠엔 각 반의 오리발이 바구니에 가지런히 담겨 있을 것이고, 물속에선 수중 청소기가 시간에 맞추어 자동으로 돌아가고 있을 것이다. 어제부터 청소기의 몸체를 움직여주는 컨베이어벨트 모양의 동력장치 고장으로 전후좌우 자동으로 움직여야 할 청소기가 포물선을 그리듯 빙빙 돌면서 청소기의 줄이 꼬이고 있다. 그대로 두면 끊어질 수 있다. 당직 직원에게 청소기의 줄이 꼬이면 끊어지지 않도록 풀어 줄 것을 당부했다. 주말에 청소기 수리를 맡겨야 할 것 같다.

고객

수영팀장이 현금을 찾아 왔다. 강사실은 수영장에 면해 있고 사무실은 1층이기 때문에 회의가 있지 않으면 수영강사들이 사무실에 오는 경우가 드물었다.

"수영 강습 중에 한 할머니가 레인에 있어서 비켜달라고 했더니, 강사한테 욕을 하면서 물어 뜯었대요. 그런 할머니는 수영장에 못 오게 해야 해요."

수영팀장은 강사 10년 차로 깐깐한 성격이다. 팀장으로서 수영강사의 입장을 대변하고 있다. 강사라는, 서로에 대한 동료의식이 강한 건지 뭔가 자신들에게 불리하거나 부당함이 느껴지면 바로 똘똘 뭉쳐 힘을 보여준다. 팀장은 강사를 대신해 할머니의 일방적 잘못으로 몰아가면서 소리를 높였다. 회원이 욕을 하며 강습 중인 수영강사를 물었다는 것이다. 하지만 현금은 어제 다른 직원에게 수영장에서의 이야기를 들었다.

"강사가 흥분해서 할머니를 쫓아내야 한다면서 코를 씩씩 불었고, 할머니 역시 사무실에 이르러 간 것 같던데, 그 이야기 들었어요? 암만해도 할머니가 이상해요."

현금보다 나이가 더 많은 직원은 현금에게 수영장의 일을 전하면서 코를 씩씩 불었다, 로 화가 났다는 강사의 편을 들고, 할머니는 사무실에 있는 현금에게 강사를 고자질한 염치없는 할머니로 만들면서도 이 일을 처리할 현금의 처리 방식이 기대되는 듯 흥분한 모습이었다. 현금이 할머니가 누군지 잘 모르자 직원은 할머니의 생김새와 이용 시간대까지 세세히 설명했다. 누군지 알 수 있을 것 같았다. 직원에겐 이렇다 저렇다 내색을 않은 채 알았어요, 대답만 해 놓았다. 접수처에서 할머니의 등록 상황을 확인했다. 83세. 할머니는 3년째 연 단위로 등록을 하고 이용 중인 회원이었다. 시기적으로 매출이 떨어지고 있다. 환불한다 하더라도 어떤 규정을 적용해야 할까. 일반적으로 회원이 환불을 요구하는 경우, 계약기간에 따른 회원의 귀책사유를 인정하여 환불액은 회원납부액에 비해 현저히 낮아진다. 그런데 수영장 측에서 회원을 나가라고 하는 경우라면?

"그러면 어떻게 처리하면 좋겠어요?"

현금은 이런저런 생각을 하면서 팀장에게 다시 물었다. 빙빙 돌려 부드럽게 말하지 않고 직설적으로 치고 들어가는 방법. 그러면서도 자신이 선택하게 하는 방법. 현금의 일방적 판단이 아닌 팀장이 판단하게 함으로써, 팀장자신이 직접 결정했다는 느낌으로 상황에 대한 재인식과 책임감을 부여하기 위해 직설적으로 팀장에게 질문했다.

"막무가내로 쫓아내야 하나요? 회비는, 환불해야 하나요?"

"아, 예……."

현금의 물음에 팀장이 적이 당황하는 눈치로 말끝을 흐린다. 현금이 다시 한번 쐐기를 박았다.

"제가 어떻게 하면 좋겠는지 알려주세요. 그리고 강사를 한번 만나봐야겠네요."

팀장은 팀장으로서의 역할을 하기 위해 왔을 것이다. 수영강사를 대변하려는 마음이 앞서다 보니 수영장의 운영이나 매출과는 상관없이 일방적으로 강사의 편을 들고 있었다.

강사를 불렀다.

"늘 고생하죠? 팀장님 통해서 이야기 들었는데, 상황 설명과 선생님 의견을 다시 들어 보고 싶어요."

강사용 수영복을 입은 채 사무실로 온 강사에게 먼저 고마운 마음을 전하면서 물었다. 잘잘못을 떠나서 강사의 마음을 알아주는 것도 필요했다.

"제가요. 개인 레슨 중이었어요. 레슨 중이면 회원은 당연히 레인을 비워줘야 하는 거잖아요. 그래서 옆 레인에 가서 하시라고 했더니, 들은 척 만 척 하길래, 다시 얘기했더니, 저한테 너무나 심한 욕을 하면서 저를 물어뜯으려 했어요. 할머니가 잡고 있는 킥판을 제가 살짝 잡으려 했거든요. 제가 빨리 피했기에 망정이지 안 그랬으면 제 손이 물어 뜯겼을 거에요."

강사는 흥분하고 있었다.

"그래요. 잘 알았어요. 할머니를 한번 만나볼게요. 팀장님이 더 속상해 하면서 선생님 얘기 하던데, 두 분 다 고마워요. 할머니 만나보고 다시 얘기하지요."

현금은 서두름 없이 천천히 차를 준비해, 함께 차를 마시면서 두 사람을 달래어 보냈다. 개인 레슨의 경우 수영장 측의 묵인하에 100% 강사 개인의 수입이었다. 20여 명이 사용할 수 있는 단독 레인을 수영

강사가 개인 수입을 위해 쓰면서 일방적으로 회원에게 비켜달라고 요구하는 것 자체가 수영장의 입장과 회원의 입장에선 부당한 것일 수 있다.

할머니는 아마 한 시간쯤 후면 올 것이다. 늘 사무실 옆 주차장에 차를 세우고 사무실 앞의 홀을 지나 수영장으로 가니까 사무실 앞을 지나갈 때 자연스럽게 만나볼 생각이었다.

밖이 잘 보이도록 사무실 문을 열어 놓았다. 평상시와 다름없는 표정으로 물품바구니를 손에 든 할머니가 사무실 앞을 지나간다.

"어머니, 반가워요. 차 한 잔 하시고 가세요."

현금이 반색을 하며 뛰어나가 할머니의 손을 잡고 사무실로 이끌었다. 수영장의 연세 많은 고객들에게 할머니, 할아버지가 아닌 어머님, 아버님으로 불러드리는 것도 고객들과 친분을 유지하는 방법이었다. 회의용 원탁에 딸려 있는 의자를 할머니에게 권하고 차를 준비했다.

"차는 무슨, 누가 뭐라 합디여?"

현금이 말을 꺼내기도 전에 할머니는 어제 일을 먼저 얘기하고 있었다.

"아뇨. 우리 어머니. 수영장 이용하시면서 늘 건강하신 모습이 정말 부럽고 감사해요. 제가 고마워서요. 차 한 잔 하시게요.”

현금은 할머니에게 활짝 웃으며 고맙다는 얘기부터 시작했다. 현금이 살아온 나이의 두 배를 살아오신 할머니가 저렇게 건강을 잘 유지하는 것만으로도 존경받아야 한다는 것이 현금의 생각이었다.

“아니, 손주뻘도 안 되는 어린 놈이 나한테 소리를 지름서, 나가라고 나를 밀쳐야 하겠소? 그래서 내가 아주 상놈의 새끼라고 욕을 했소. 수영장에 다닌 지가 10년이 넘어가는 내가, 분명히 회비 내고 이용하고 있고, 그 시간은 자유수영시간이라 누구나 자기 편한 레인을 이용하면 그만인데, 왜 지가 나한테 소리를 지르는 거요? 내가 욕을 한 건 분명하요. 그런데 내가 지를 물어뜯었다고 소문을 냈담서요? 그저 몸 관리 잘해서 자식들에게 폐 끼치지 않으려고 날마다 운동하는 내가 방해가 됐으면 얼마나 되었겠소?”

현금이 할머니의 손을 잡고 고개를 끄덕이며 활짝 웃었다.

“다른 불편함은 없으세요?”

수영장에서 있었던 일을 별개로 다른 불편함이 없는지 묻는 현금에게 할머니는 다 좋다며, 웃었다. 할머닌 자신의 잘못을 따질 거라 생각했나 보다. 현금은 할머니에게 차를 권하고 할머니의 손을 잡은 채 이런저런 삶의 내력을 들었다. 40대에 남편을 잃고 홀로 자식 둘을 키우면서 장사로 돈을 모아 부동산에 투자해 지금 현재까지도 임대사업을 하고 있으며, 나름대로 증권 등의 직간접 투자 수익을 내고 있다고 했다. 83세에 직접 차를 운전하고 와서 매일 규칙적으로 두 시간씩 운동을 하는 할머니. 그 연세에 직접 운전이 가능한 것만으로도 존경받아야 한다는 생각이 들었다.

"어머니. 아직 젊은 사람이고, 열심히 노력하면서 살고 있는 강사, 손자처럼 귀엽게 생각하셔서 마음 푸세요. 우리 어머니가 잘한다 잘한다 칭찬해주셔야 더 힘내서 더 열심히 하지 않겠어요? 부탁드려요."

손자들에게야 용돈을 많이 줘야 인정받겠지만, 자식들에겐 자신이 건강한 것이 가장 큰 힘이라며, 사는 동안에 건강한 몸관리를 위해 규칙적으로 운동하신다는 할머니. 할머니에게서 느껴지는 자부심에 날개를 달아 드리고, 마음 푸시라고 달래 보냈다. 당당함과 자신감으로 가득한 할머니에게 무슨 충고가 필요하겠는가. 삶의 이력처럼 습관이 몸에 배어 있을 것이고, 현금의 한마디로 쉽게 고쳐질 습관도 아닌 것을.

다시 강사를 불렀다. 강사는 할머니에게 분명한 귀책사유를 내세워 자신의 손을 들어줄 거라 생각하고 온 듯 얼굴이 밝았다.

"선생님. 선생님 어머님 연세는 어떻게 되세요? 어머님은 건강하시죠? 혹시 선생님 어머님이 83세 되셔도 저렇게 건강하실까요?"

"아, 생각해보지 않았는데요."

현금은 강사에게 집에 계신 부모님을 생각해 보고, 자신의 어머님이 83세에 저렇듯 건강하게 운동을 다닐 수 있다는 자신감이 있는지 물어봤다. 강사는 자신의 어머니의 건강을 묻자 고개를 숙였다.

"우리는 모두 어려운 세상을 저렇게 잘 살아오신 어르신들을 정말 존경해야 하지 않겠어요? 내 어머니가 세상에서 어떤 대접을 받을지, 내 어머니가 더 연세 드셔서 할머니가 되었을 때 어떤 대접을 받았으면 좋겠는지 잘 생각해 보고, 할머니께 사과드리세요. 할머닌 오히려 선생님 나무라지 말라고 당부하고 가시던데, 설령 선생님이 잘못한 게 아무것도 없다 느껴지더라도 그냥 사과드리세요. 할머니 연세에 대한 우리 젊은 사람들의 예의이고 존경심 아니겠어요?"

누구도 미래는 알 수 없고, 예외도 없으며, 특히 건강은 누구도 자신할 수 없다는 걸 강사도 알 것이다. 평생 시골에 사신 내 어머니는, 평생 수영장 같은 것은 구경도 못해 보셨다. 새벽부터 일어나 논밭으로 바다로 달려 나가 손톱이 다 닳도록 일했지만, 끼니 해결하느라 평생을 보내신 분이다. 이미 먼 옛날에 먼 집으로 가셨지만.

밤손님

현금이 전년도 대비 매출 비교를 하다가 책상 위에 놓인 휴대폰의 폴더를 열고 수신을 확인한다. 액정 화면에서 나비들이 날아오른다. 잠시라도 휴대폰이 안 보이면 불안해지는, 가끔은 손에 휴대폰을 든 채로 휴대폰을 찾는, 하루에도 수차례 휴대폰을 확인하는 현금은 휴대폰 중독이다. 그에 대한, 자신에 대한 확신이 없기 때문일 것이다.

커피를 마시려고 자리에서 일어났다. 순간 까르르 웃음소리가 들려왔다. 컴퓨터에서 나는 소리인가? 화면을 보는데, 커서는 매출 집계에서 반짝거리고 있다. 다시 이어지는 까르르, 웃음소리. 싱싱한 젊음이 느껴지는 맑고 경쾌한 웃음소리.

수영장은 지하 1층에 있는 구조고 지상 1층에 사무실이 있는데, 수영장의 환기와 건물 내벽의 안전을 위해 통풍구가 2미터의 넓이로 수영장과 사무실을 연결하여 2층까지 나 있어, 수영장의 소음을 고스란히 사무실로 전해주는 역할까지 하고 있다.

가끔 문단속이 안 되었을 때 외부인들이 무단으로 수영장에 들어가는 경우도 있을 수 있다. 순간 경찰에 신고를 해야 하나 생각하다가 먼저 상황을 파악해보는 것이 순서일 것 같아 휴대폰을 들고 뛰어 내려갔다. 불이 환하다. 사무실에 올라갈 때 불이 모두 꺼졌음을 확인했는데. 탈의실을 지나고 샤워장을 지나 수영장에 이르렀을 때, 아 이 놀라운 광경. 수영장에 웬 비너스? 스물 두세 살쯤 되었을까? 웨이브진 긴 머리를 찰랑대며 전라全裸로 오리발을 신고 뛰는 모습이라니! 수영장 한쪽에 잘 정리해둔 회원 개인용 오리발은 수영법 진도에 맞춰 물속에서 속도를 내라고 있는 건데……. 오리발을 신은, 탱글탱글한 젖가슴이 하늘로 솟구쳐 오른다. 뒤뚱대며 뛰는 오리발의 뜀뛰기에 맞추어 탱글탱글한 젖가슴이 먼저 튀어 오르는 스스로의 모습에 박자라도 맞추듯 까르르, 햇살처럼 환한 웃음소리.

"너, 누구야?"

눈앞에서 오리발을 신고 뛰는 탱탱한 비너스의 젖가슴에 현금의 마음은 이미 자신감을 잃고 있었다. 그림 속 비너스가 튀어 나온 듯 빛나는, 살아 움직이는 저 싱싱한 젊음. 저 자신감. 그녀에겐 현금의 출현이 곤혹스러웠을 터인데, 현금은 오히려 자신이 이방인인 듯 느껴졌다. 현금은 새된 소리로 너 누구야, 외

치면서 재빠르게 수영장을 살펴봤다. 좌측 레인 끝에 50대로 보이는 여자가 있다. 거리 때문에 불분명하지만, 풀 양 쪽에 날개처럼 어깨를 펴고 벽에 기대고 있는 것은 분명 나이든 여자다.

"아, 몰라. 엄마 때문이야."

이건 또 무슨 소린가? 처녀가 수영장에서 가슴을 드러낸 채 오리발을 신고 뛰다가, 엄마 때문이라니. 그때 죽 늘어선 기둥 뒤에서 느릿느릿 남자가 나왔다. 기계실 당직 직원이다. 그의 손은 수중 청소기의 줄을 잡고 있었다. 고장으로 한쪽으로 돌며 저절로 꼬인 수중 청소기의 엉킨 줄을 풀고 있었던 모양이다.

"아, 접니다. 저희 가족입니다."

당직으로 집에 가지 않는 가족을 만나기 위해, 영업이 끝난 수영장에 그의 아내와 딸이 온 것도 괜찮고, 수영을 하는 것도 이해한다고 하자. 그런데, 아버지와 어머니 앞에서 스물 몇 살 처녀가 전라全裸로 오리발을 신고 뛰는 것을 현금은 어떻게 이해해야 할지 아득했다.

물

월 초 기초반 수업 시간이다. 강사가 수영장이용 규칙부터 설명하고 있다.

"반드시 샤워하고 난 다음에 수영복 입고 수영장
에 들어오시고, 풀엔 반드시 체조를 하신 후에 들어
오세요. 화장실은 샤워장 옆 화장실을 이용하세요.
여러분 몸이 들어 있는 이 물, 여러분들이 먹습니다."
　강사는 일주일쯤 같은 내용을 반복해서 말할 것이
다. 탈의실에서 수영복부터 입고, 아침에 샤워했으니
다시 안 해도 된다는 사람, 심지어는 어제 샤워했으
니 안 해도 된다고 우기는 사람도 있다. 준비운동 없
이 갑자기 물에 뛰어들면 심장마비의 위험이 있다.
건강하게 오래 살기 위해 돈 내고 이용하는 수영장이
다. 공동으로 사용하는 시설인데다, 특히 수영장의
물은 수영을 하는 동안 몸을 담그는 물이기도 하지
만, 수영을 하다보면 어쩔 수 없이 마시는 물이기도
했다. 물고기는 물속에서 물을 마시고 물을 뱉어내고
배설까지 당연하지만, 사람은 물고기가 아니다. 수영
중의 호흡법을 새롭게 배워야 한다. 초보자의 경우
특히 더 많은 물을 먹는다. 어쩔 수 없이. 몸의 움직
임과 호흡이 맞지 않으면 자신도 모르게 물을 먹는
것이다. 누구든. 살아있으므로. 수영장을 화장실로
이용한다면, 그 물 역시 자신이 먹게 된다.
　언젠가 기회가 된다면, 스스로 만드는 것이 기회
이겠지만. 현금은 언젠가 기회가 된다면, 아무 것도

입지 않은 채로 수영을 해 보고 싶다. 수영복을 입고, 수경을 쓰고, 수모를 쓰는 불편함이 아닌 맨 몸의 자유로움. 물이 주는 안온함을 온몸으로 느끼며, 물을 헤쳐 나가고 싶다. 현금이 물을 만지고 느끼는 것이 아니라, 물이 현금을, 현금의 마음까지 물이 어루만져 줄 수 있을 것 같았다.

지난 밤 그는 뜨거웠다. 그의 숨결이 그의 혀가 그의 손이 현금에게 새 길을 만들고 있었다. 그의 숨결을 그의 혀를 그의 손길을 갈망하면서도 현금은 늘 그 앞에서 주눅이 들곤 했다. 언제쯤 자연스러워질 수 있을까. 그의 숨결이 귓불을 지나 혀에서 가슴으로 이어졌을 때 현금은 움찔 놀랐다. 차가운 듯 따뜻하게 느껴지는 그의 손길에서 현금의 몸이 피의 돌기가 팽팽하게 살아났다. 그럼에도 불구하고 외롭다. 함께 한다는 마음만으로도 오르가즘을 느끼는데, 왜 늘 초조해지는 건지. 왜 그를 보면 볼수록, 만지면 만질수록, 안으면 안을수록 더 외로워지는지 알 수 없었다. 그의 가늘고 긴 손가락을 따라 빠르게 반응하는 몸과는 별개로 마음은 늘 허방을 딛듯 외로웠다. 팽팽한 듯 유연하게, 좀 더 유연하게 몸을 이완시킬 수 있다면. 스스로 만들어 가는 길이 현의 울림처럼 맑고 부드러워질 텐데. 왜 자꾸만 외로움이 더해 처연해지는지. 알 수 없다. 그를.

　어릴 적 자다가 문득 눈을 뜨는 새벽녘이면 멀리서 파도소리가 들려오곤 했다. 파도소리에 잠이 깨는지, 잠이 깨어서 파도소리가 들렸는지 알 수 없었다. 이불 속에서 듣는 파도소리는 늘 마음의 위안이 되곤 했다. 그리운 건 늘 그 파도소리였다. 물이 물끼리 몸을 비벼 내는 소리. 태풍을 몰아오는 바람에 섞여 들려오는 파도소리. 온 세상을 쓸어 낼 듯이 크게 철썩이던 파도소리. 그 장엄함을 잊을 수 있을까. 그 파도소리가, 물이 그리워 수영장에 근무를 하고 있는지도 모른다. 시시각각 바닷물의 색이 변하듯 수영장의 물도 변한다. 바닷물은 계절과 날씨의 영향을 받겠지만, 수영장 물은 사람들의 사용과 관계가 깊었다. 많은 사람들이 한꺼번에 사용하면 순간순간 어쩔 수 없이 탁하게 흐려졌다.

　현금이 처음 수영장을 관리하게 되었을 때, 기계실의 물관리 직원을 수영장으로 불렀다. 물 밖에서 보는 물 상태와 풀 안에서 직접 보는 물 상태는 확연히 다르다. 현금은 물상태 확인을 위해 수영을 했다. 밖에선 파랗게, 맑은 물로 보이는 물이 수중에서 직접 보면 온갖 부유물들이 떠다니는 탁한 물일 때도 있었다. 현금은 들고 간 컵으로 물을 떠서 마셨다. 비릿했다. 현금은 컵을 헹궈 자신이 마셨던 입술자국을 지우고, 다시 물을 떠 직원에게 컵을 내밀었다.

"물 맛 좀 보실래요?"

직원은 물을 바로 뱉어 냈다. 왜 물을 뱉는지 이해할 수 없었다. 어차피 수영장에 들어가면 누구든 마시는 물이 아닌가? 단지 그냥 마시는 것과 컵으로 마시는 것과의 차이? 누구든 마실 수 있는 물이라면, 관리자 역시 마실 수 있는 물이어야 한다.

"나는 정수기의 물도 먹지 않습니다. 필터가 어떻게 관리되는지 어찌 알겠어요? 말로는 한 달에 한번 필터를 교환한다지만, 거기에 세균이 얼마나 있는지는 누구도 알 수 없잖아요? 저는 끓인 물 아니면 안 먹어요."

자신이 먹는 물까지 설명하며, 물에 대한 거부 의사를 밝혔다. 수영을 한다는 것은 운동을 하는 것이고, 운동을 하는 것은 건강관리를 위한 것이다. 수영이 물에 몸을 담그고 하는 운동이지만 언제든 먹을 수 있는 물이니, 무엇보다 물 상태가 좋아야 함이 첫 번째 아닌가.

사우나실

오전 9시. 사우나실에 20여 명의 아줌마들이 앉아

있다. 겨우 싱글 침대 하나정도를 들여 놓을 수 있을 정도로 좁은 공간이다. 그럼에도 불구하고 20여 명의 아줌마들이 거의 줄을 맞춰 앉아 있다. 시간대별 이용객들이 거의 일정하기 때문에 자기 자리가 거의 정해져 있다. 단연 정미아줌마의 유방이 돋보인다. 일반적으로 한번 만져보고 싶은 유방이라면, 한 손에 쏙 들어올 정도의 봉긋하고 탄력 있는 유방으로 특히 남자들이 가장 선호하는 유방은 봉긋하고 탄력 있는, 여자가 누웠을 때도 봉긋하게 그 형태를 유지하는 75B컵 싸이즈 정도의 유방이다. 유방에도 나이가 있다. 여자는 결혼해서 아이가 몸속에서 자라는 동안 뱃살이 트고 몸매가 망가지고 유방이 부풀어 오르면서 시나브로 진짜 아줌마가 되어간다. 아이 키우고 나면 몸매도 망가지지만, 유방의 선이 더 먼저 망가진다고 해야 할 것이다. 여자인 현금이 자신도 모르게 여자를 볼 때 가장 먼저 보는 것. 옷을 입고 있을 때와 벗고 있을 때의 차이가 옷에 감사인 피부가 드러나는 순간이라면 먼저 눈에 띄는 것은 단연 유방이다. 어쩔 수 없이 자신과 비교하는 것이다. 그런데 정미아줌마의 유방은 겨드랑이 정도에서 시작해 거의 배꼽까지 흘러내려 봉긋함이 아닌 납작함 그 자체다. 오늘도 아줌마는 납작한 그 유방을 늘어뜨린 채로 당

당하게 앉아 있다. 수건으로라도 좀 가리지. 정미아
줌마의 남편은 어떤 느낌일까, 아줌마의 가슴을 볼
때마다 성형의 기회가 주어진다면 정미아줌마에게
기회를 주고 싶다. 미적 감각도 문제지만 큰 유방의
무게 때문에 목디스크와 허리디스크가 올 가능성이
높다. 현금의 가슴이 예쁘다는 얘기가 아니다. 유방
이라 할 것도 없는 아예 젖꼭지뿐인 가슴은, 현금에
게 늘 콤플렉스를 느끼게 했다. 큰 유방이 부럽지만,
정미아줌마의 유방은 아니라는 얘기다. 아줌마는 남
편에게서 만족할까? 남편의 손이, 입술이 아줌마의
가슴에서 머물 때 기쁠 수 있을까. 남편의 느낌과 아
줌마의 느낌은 어떻게 다를까. 상대에 대한 평가가
체형만으로 이루어지는 것은 분명 아닐 텐데. 왜 아
줌마의 가슴을 볼 때마다 자신을 생각하게 되는지 현
금은 알 수 없었다. 크다고 반드시 좋은 것도 물론 아
니지만, 작아서 꼭지뿐인, 남자인지 여자인지 분별이
안 되는 자신의 가슴이 죽도록 싫었다.

지난번 친구들과의 모임에서 애인이 거론되었을
때 친구가 한마디 했다.

"야, 너는 바람도 못 피우지? 그 가슴으로 어떻게
바람 피우겠어?"

"그래. 니가 나를 두 번 죽이는구나. 안 그래도 나

가슴이 콤플렉스다. 그래서 수술이라도 시켜줄래?”

미용을 위해서도 성형을 하고, 건강을 위해서도 성형을 한다는데, 현금은 늘 자신이 없다.

“그리스 신화에 나오는 여전사 부족 아마존들은 활을 잘 쏘기 위해 오른쪽 유방을 잘랐대. 오직 여자 아이만 양육하고 전쟁과 사냥에만 전념했대.”

“그럼 남자는? 남자는 뭐 해?”

“어쩌다 지나가는 남자들한테 씨를 받는 형태였나 봐. 남자 아이가 태어나면 죽도록 방치했다던대!”

“남자한테 의지하지 않은 거지 뭐, 애인도 필요 없고. 독립적으로 스스로 알아서 사는 삶인 거지. 유방 크기나 미적 감각 따위는 안중에 없으니 얼마나 자유롭겠어.”

예쁜 유방과 안 예쁜 유방의 차이는 개인적 선호도의 차이겠지만, 사냥을 잘하기 위해 유방을 잘라냈다는 아마존들의 생활이 끔찍했다. 신화이기 때문에 이야기로 웃고 말았지만, 어쩌면 할례를 하듯 자연스러운 문화의 형태였을 것이다. 여성 남성으로 분리하지 않는 주체적 삶을 살면서, 여성의 몸을 통한 시각이나 촉각에 의지하지 않는 지극히 중성적 삶. 그들에겐 동물적 판타지는 존재하지 않았던 걸까. 느낌이나 감각을 도외시한다면 그들에게 가장 중요한 것은

무엇이었을까. 종족번식만을 위한 섹스라면, 감각이
나 느낌 따윈 필요 없는 거라면 욕망은 어디에 자리
하는 걸까. 사마귀와 거미의 몇 종은 암놈과의 교미
가 치명적이란다. 교미 후 암놈이 수놈을 잡아먹기
때문이다. 수놈들은 그것을 알면서도 거부하지 못하
고 달려든단다. 인간들 역시 남자가 성적 흥분이 매
우 고조되었을 때 상대 여자가 성병이나 에이즈에 걸
렸다고 고백해도 그대로 돌진한다고 한다. 인간에게
번식기와 발정기가 따로 있다면 삶의 양태는 어떻게
바뀔까. 왜 현금은 그의 손길에서 주눅이 드는걸까.
왜? 늘 마음 한켠이 싸하게 아리는지 이유를 알 수 없
었다.

탈의실

　탈의실. 수영장으로 들어가기 위해 입고 있던 옷
을 벗는 곳이다. 수영복은 샤워 후에 입는다. 수영을
하기 위해 옷을 벗었다면, 수영이 끝나면 옷을 입어
야 한다. 옷을 입으려면 몸의 물기를 수건으로 닦고
선풍기나 드라이어로 머리를 말린다.

　벽에 부착된 전면 거울을 통해 사람들의 움직임이
다 보인다. 전라全裸인 채 화장부터 하는 여자. 눈썹의
반을 밀어버려 절반뿐인 눈썹에 선을 그리느라 거울

에 붙을 듯 다가선 여자. 거울 앞의 풍경들은 그 사람의 평소 습관을 여과 없이 보여주고 있다. 거울 앞에 비치된 무료로 이용하는 두 개의 드라이어는 늘 바쁘다. 누군가 늘 사용 중이어서 차례를 기다려야 한다. 40대 쯤의 아줌마가 드라이어를 이용 중이다. 하필이면 아줌마는 머리가 아닌 음모를 말리는 중이다. 다리를 벌린 채 한껏 바람을 맞는 아줌마를 향해 거울 앞에서 화장을 하던 아줌마가 일갈한다.

"아줌마, 드라이어에 얼마나 균이 많은데, 거기에 균 들어가면 어쩌려고 그래요? 드라이어에 균 많아서 거기 말리면 안 된다고, 스펀지에 나왔어요."

옆에 있던 아줌마들이 탄성과 함께 박장대소하고, 거기(?)를 말리던 아줌마는 얼른 드라이어를 제 자리에 놓는다. 빨리 써라, 사람 기다린다, 등의 말이 필요 없다. 아주 귀한 정보를 주는 의미에서 균이 많아서 위험함을 알려주고, 실험을 통해 위험성을 증명해주는 인기리에 방송되는 텔레비전 프로그램에서 그랬다는데 어쩔 것인가? 잔소리가 아닌 정보의 효용성과 기막힌 대화의 효율성이다.

서로 웃느라 깜박 잊은 것인지, 옆에 있던 할머니가 팬티를 뒤집어 입고 있다.

"어머, 어머니. 속옷이요."

현금이 할머니의 팬티를 가리키면서 살짝 웃었다. 할머니가 겉으로 드러난 라벨을 보면서 이제야 알아차린다.

"집에 가서서 혼나실까봐요."

무안하실까봐 살짝 웃으며 말하는 현금을 향해 할머니까지 덩달아 웃는다.

"이, 바람피웠다고? 바람은 남자들이나 피는 것이제, 여자가 먼 바람을 피울랍디여?"

완전하게 전라도 사투리의 구수한 억양과 추임새를 넣어 외도를 말하는 할머니. 바람은 아마 남자들만, 남자들끼리 피우는 것이 바람인 모양이다. 할머니의 남편도 바람이라는 외도를 했다면 할머니는 바람처럼 지나칠 수 있었을까. 할머니는 속옷을 벗어 다시 입고, 차례로 옷을 입은 후, 이, 내일 봅시다, 하고 아무에게나 스스럼없이 인사를 하고 탈의실을 나간다. 꼿꼿하지만 굽어가는 어깨에 잔뜩 힘을 주고 몸을 곧추세운 채 할머니가 신발을 신는다.

탈의실의 풍경만으로도 대충의 연령대와 성향을 알 수 있다. 10대의 소녀들이 아기자기한 캐릭터가 그려진 흰색위주의 속옷을 입는다면, 20대는 몸에 꼭 맞는 화려한 레이스 팬티와 브래지어 세트가 주를 이루고, 30대엔 빨간색 위주의 강렬한 색상의 속옷을.

40대엔 부드러운 감촉을 위한 실크 속옷을, 40대를 포함하여 50대가 되면 이제 몸매 커버를 위해 보정 속옷인 기능성 맞춤 속옷이 많아진다. 가슴을 모아 탱탱하게 볼륨업하고, 히프 라인을 살려준단다. 불편하고 답답하지만, 속살을 감춰 날씬해 보이려는 가벼운 눈속임이다. 60대쯤에 이르면 하얀색의 헐렁한 민무늬면팬티로 돌아간다. 면에서 레이스로 실크로 바뀌어가다가 다시 면으로 돌아오는 것은 이제 보여줌의 멋이 아닌 편안함의 실용성 문제가 아닐지. 그런데 80대 할머니임에도 불구하고 맞춤 속옷을 입고 오기도 한다.

현금이 옷을 벗는다. 와이어에 보형물까지 들어있어 B컵으로 가슴선을 살려주던 브래지어의 후크를 열자 감춰져 있던 현금의 밋밋한 가슴이 드러난다. 몸매는 아주 마른, 날씬함을 원하면서도 마치 펭귄의 가슴 부풀리기처럼 가슴을 커보이도록 만드는 것은 이성에게 매력적으로 보이도록 하려는 무의식일 것이다. 남자들의 시선이 일차적으로 여성의 가슴에서 머물고, 여성은 그 크기를 강조함으로써 서로의 무의식적 욕망에 부합하는 것. 이것은 어쩌면 당신의 2세를 위하여 나는 더 많은 먹잇감을 저장하고 있다는 머릿속에 잠재된 먹이에 대한 인간의 1차적 욕망일 것이다. 여자들도 무의식적으로 남자의 페니스의 크기를 생각한다지만, 그것은 성적 오르가즘에 앞선 더 좋은 우량 형질의 2세를 원하는 무의식일 것이다.

사람들은 이제 늘씬함을 지나 마른 몸을 원한다. 뼈만 앙상한 마른 몸을 원하면서 어떻게 가슴은 크기를 바라는지. 봄은 바람을 타고 온다던가. 여자의 살은 배와 가슴으로 먼저 오는데, 마찬가지로 살이 빠지면 가슴에서 먼저 살이 빠진다. 가슴을 모아줘서 예뻐지는지는 모르겠지만, 태반은 가슴이 작아지면서 보기 흉해진다.

몇 살이 되면 신체적 콤플렉스에서 벗어날 수 있을까. 금강경金剛經의 그때, 그때 세존께서는 밥 때가 되어 가사를 두르시고 바리때를 드시고 사위성으로 들어가서 밥을 비셨는데, 그 성안에서 집집마다 차례차례 비시고는 계시던 곳으로 돌아오셔서 빌어온 밥을 잡수셨다. 그리고는 가사와 바리때를 거두시고 발을 씻으시고는 자리를 펴고 앉으셨다,는 그 한때처럼 일상에서 돌아와 식사를 하고 식사를 마친 후 발을 씻고 단잠에 들고 싶다. 감각이나 촉감의 관념에서 벗어나 머릿속을 깨끗이 비우고 순간순간에 집중하고 싶다.

수영장

함성이 인다. 풀장 내 레인을 모두 걷고 지면에 킥판을 세워 골대를 만들고 수구 시합을 한다. 월말이면 회원들의 친목도모를 위해 벌이는 전후반 15분씩의 수구 시합이다. 등록기간이 끝나는 회원들을 다시 접수하게 만드는 방법이기도 하다. 시간대별 강습 팀들을 한데 모아 반으로 나누어 놀이를 즐긴다. 수영 진도에 맞춰 회원들을 서로 섞어 팀을 나누고 강사가 포함됐다. 공격과 수비로 나뉘었지만, 사실 자기 팀을 구별하는 일도 쉽지 않다. 심판도 이쪽저쪽 잘 살펴보기 위해 두 명이다. 심판이 수구의 가장 간단한 규정을 회원들에게 알린다. 서로 할퀴지 마세요, 주의를 준다. 모두 수영복만 입어 맨 몸에 가깝기 때문에 공을 잡으려다 할퀴어 상처가 나지 않도록 서로에게 주의를 준다. 심판의 휘슬에 따라 풀 중앙으로 세 개의 공을 차례로 던져 넣는다. 점프, 키가 큰 A가 먼저 공을 잡는다. 우, 함성이 일고 A가 자기편 강사를 향해 공을 던진다. 여기 저기 공이 날아다닌다. 풀 장 내에 세 개의 공이 날아다니기 때문에 훨씬 더 활기가 넘친다. 날아가던 공이 강사를 못 미쳐 상대편에게 떨어진다. 골대까지 가려면 몇 번의 패스가 더 필요한데 쉽지 않다. 강사가, 회원들이 공을 향해 헤엄쳐 간다. 쉽지 않다. 물에서는 달리기보다 오히려 수영이 빠르다. 수영을 하면서 공을 몰아가기는 더 힘이 들고, 서로 섞인 회원들의 숫자도 많다. 공격과 수비가 동시에 이쪽저쪽에서 이루어진다. 세 개의 공이 날아다니기 때문에 공격도 수비도 서로 바쁘다. 무조건 공을 향해 헤엄치고 공을 잡은 사람을 향해 달려든다. 남자, 여자, 기혼, 미혼의 구별이 없다. 수영복을 입었지만 맨살이나 다름없는 회원들이 서로서로 엉킨다. 수영 강사가 공을 잡았다. 강사를 향해 회원들이 달려든다. 서너 명의 여자 회원들이 강사를 잡고 올라타 눌러 물속에 처박는다. 수영 강사라도 물속에선 어쩔 수 없다. 숨을 쉬기 위해 공을 놓아야 한다. 네편 내편 구별도 쉽지 않다. 공은 공 맘대로 날아다닌다. 어느새 A는 수비수의 자세에 들어가 있다. 슛! 공이 골대를 때린다. 서로 마주 서 있던 킥판이 넘어진다. 와, 함성이 이어지고 심판이 1득점 휘슬을 울린다. 어느새 저쪽에서도 마찬가지 슛을 날리고 골대가 쓰러진다. 여전히 또 다른 지점에선 공을 쫓아 회원들이 몰려다닌다. 심판의 경기종료 휘슬이 울린다. 전후반 15분으로 나누어 풀장의 방향을 바꾸어가며 시합을 하였다. 공을 쫓아 서로 껴안고 누르고 몸을 부대끼던 시합이 금세 끝났다. 15대 16. 심판의 결과 안내에 따라 이긴 팀이 만세를, 진 팀이 박수를 친다. 와! 서로 박수를 치며 수영장을 정리한다. 공을 쫓아 함성을 지르며 서로 섞여 알게 모르게 하는 스킨십이 서로에게 결속력을 준다. 수영장 등록률을 높여줄 것이다.

현금

그녀다. 수영장에 파문波紋이 인다. 12개의 전등이 켜진 수영장 안에 그녀와 나뿐이다. 까르르, 그녀가 웃는다. 그녀에게 다가간다. 그녀, 웃음을 멈추지 않고 뛴다. 오리발을 신은 그녀의 걸음은 몹시 뒤뚱거린다. 그럼에도 불구하고 그녀와의 거리가 쉽게 좁혀지지 않는다. 그녀를 따라잡기 위해 안간힘을 쓴다. 오리발을 신은 그녀 발의 움직임보다 내 발이 더 무겁고 느리다. 가까스로 그녀를 따라 잡는다. 그녀를 뒤에서 안는다. 어깨를 돌려 그녀를 안는다. 한 팔에 쏙 들어오는 느낌이 참 좋다. 부드러운 그 느낌과 함께 그녀의 가슴으로 흘러내린 머리카락을 손으로 털어내며 조심스레 그녀의 가슴을 만진다. 한 손에 쏙 들어올 듯 탱탱한 가슴을 손으로 쓸어 올린다. 따뜻하고 정겹다. 까르르, 그녀가 웃는다. 그녀를 안고 물속으로 뛰어든다. 물속인데도 숨쉬기가 자유롭다. 물

의 부드러운 느낌이 더해 그녀의 몸은 더욱 매끄럽
다. 방울방울 흩어지는 공기물방울이 아늑함을 더해
준다. 그녀의 귓불을 지나 그녀의 꽃판을 입에 문다.
잘근잘근 깨물어 빤다. 달콤한, 맛있다. 까르르, 그녀
의 웃음소리는 그치지 않는다. 머리카락이 물에 흩어
지며 그녀의 얼굴을 가린다. 그녀의 손을 가져와 나
를 만지게 한다. 그녀의 손길이 지나는 꼭지뿐인 나
의 꽃판을 따라 잔물결이 번진다. 아늑하고, 아늑하
여, 아득하다.

　물결의 파도처럼 그녀를 안는다. 그인 듯. 그녀의
곱슬거리는 머리가 부채살처럼 퍼져 나를 감싸안는
다. 그녀가 뒤로 고개를 꺾으며 으음, 신음을 뱉어낸
다. 그녀의 몸이 내게서 떨어져 나간다. 순간, 물이,
점점이 꽃으로 피어오르기 시작한다. 붉은, 꽃으로
가득하다. 붉은 꽃의 물결이, 파문이다. 그녀도 나도
붉게 물들어간다. 그녀를 다시 안으며 그녀의 고개를
들어 눈을 본다. 그인 듯. 눈, 그녀의 눈이, 그녀의 눈
이 검다. 동공이 없다. 공동空洞. 한때 눈이 있었던 흔
적만이 남아 있다. 적요寂寥. 어둠뿐. 그인 듯, 그녀인
듯. 공동空洞의 적요寂寥.

현금은

문득,

눈을 떴다.

텅 빈 눈의 고요.

그 아득함.

물,

붉은 수영장 물.

현금은 자리를 박차고 일어났다.

어느 페넬로페의 숙명적 시간 혹은 선택
- 이원화론 -

변지연

1.

등단작 「길을 묻다」를 비롯한 이원화의 일곱 편의 소설들은 불현듯 저 호머의 서사시에 등장하는 여인 '페넬로페'의 이야기를 떠올리게 한다. 페넬로페는 전장에 나가 돌아오지 않는 남편 오디세우스를 기다리며 하염없이 천을 짜고 풀기를 반복했던 여인이다. 아마도 그녀는 햇볕이 잘 드는 정원의 어느 벤치 위, 혹은 드센 바람 탓에 한껏 뒤숭숭해진 대낮의 창문가에서 날마다 한 땀 한 땀 천을 짰을 것이다. 그리고 한밤중이 되면 남편 없는 적막한 침실에서 낮에 짜 올린 천을 한 올 한 올 다시 푸는 것으로 다가올 내일의 위협에 대비했으리라. 그녀가 두려워했던 '내일의 위협'이란 바로 남편 아닌 다른 남자들의 청혼을 강요당하는 일이었다. 그녀의 천 조각이 옷으로 완성되는 순간 그녀는 원치 않은 청혼을 받아들여야 했고, 이를 피하기 위해 그녀의 옷은 영원히, 아니 적어도 남편 오디세우스가 돌아오기 전까지는 절대로 완성되지 말아야만 했다.

　이러한 페넬로페의 모습에서 많은 이들은 흔히 정숙한 아내의 표상 또는 대범한 국모의 이미지를 읽곤 한다. 무엇보다 그녀는 놀랍도록 끈질긴 인내심을 지녔다. 남편 없는 빈 방, 임금 없는 빈 왕국을 지키며 그녀가 기다린 세월은 자그마치 이십 년이라는 짧지 않은 시간이었다. 더군다나 어떠한 기약도 없이 무작정 감당해야 했던 그 시간들이란 설령 그녀가 왕비의 신분이었다 하더라도 젊고 연약한 한 여인으로서는 가히 '영원'에 맞먹을 만큼이나 압도적인 그 무엇이었을 터다. 하지만 과연 무엇이 그녀로 하여금 이런 기다림을 가능케 했을까. 세간의 믿음처럼 그것은 남편에 대한 지고지순한 사랑이나 정절 의식이었을 수도 있고 권좌 수호에의 끈질긴 욕망 때문이었을 수도 있다. 그러나 단지 이러한 윤리적, 사회적 의미망을 통해서만 그녀를 평가하는 것은 그녀가 그토록 끝없이 천을 짜고, 풀고, 다시 짜며 온몸으로 감당했을 그녀만의 진정한 시간들을 자취도 없이 파묻어버리는 일이 될는지도 모른다.

　설령 그녀의 기다림의 목적이 남편의 귀환에 있었다 할지라도, 그녀의 이 긴 기다림의 시간 속에는 분명 헤아릴 수 없이 많은 이야기들이 숨겨져 있었을 법하다. 숱하게 명멸하고 이동하는 감정의 굴곡들―희망과 절망, 그리움과 원망, 신념과 의혹, 불안과 공포―, 그리고 알 수 없는 미래에 대한 갖가지 혼란스런 예측과 상상으로 어지러운 시간들……. 더군다나 젊고 아름다운 그녀에게 새로운 남자들의 접근이란 그저 방어하고 잘라내야 할 위협이 아니라 차라리 달콤한 유혹에 더 가까운 것은 아니었을까. 물론, 이 여인의 진정한 내면의 실상이 어떤 것이었는지는 아무도 알지 못한다. 다만 확실한 것은 그녀의 이 가련한 기다림의 시간이 곧 '천을 짜고 푸는' 시간이었다는 사실이다.

　페넬로페에게 천을 짜고 푸는 일은 무엇보다 남편의 부재 즉 현실의 결핍을 견디는 유일한 방법이었다고 볼 수 있다. 끝없이 천을 짜고 푸는 동안 그녀는 지난 날의 남편을 추억하고 장차 돌아올 남편을 상상하는 것으로 고통스런 현재를 견딜 수 있었을 것이다. 무언가의 부재나 결핍이 고통의 근원이 되었을 때, 그럼에도 그것들이 다른 어떤 방법으로도 채워질 수 없음을 자각하는 순간, 인간은 추억과 상상의 힘으로 그 빈 자리를 채운다. 페넬로페에게는 천을 짜고 푸는 행위가 곧 추억과 상상을 자아냈다가, 지웠다가, 다시 새로운 추억과 상상을 자아올리는 일에 다름 아니었을 것이다. 또한 그것은 자칫 치명적인 것이 될 수도 있을 세간의 위협과 유혹에 맞서기 위해 그녀의 내면 깊은 곳에서 벌어지는 처절한 싸움의 과정이었을 수도.

2.

그렇다면 흥미로운 일이다. 페넬로페의 남편 오디세우스가 자신의 육체를 스스로 포박함으로써 세이렌의 유혹을 물리칠 수 있었다면, 그녀는 하염없이 천을 짜고 푸는 행위를 통해 갖가지 내면의 서사를 쌓고 허무는 방법으로 소기의 목적을 달성한 셈이기 때문이다. 그러니 그녀가 부재와 결핍의 현실을 이겨낼 수 있었던 진정한 힘은 억압과 폭력이 아니라 창조의 힘, 즉 정형과 완성을 끝없이 유보하며 생산되는 무한한 내면의 서사가 아니고 무엇일까. 그런 점에서 페넬로페의 천짜기는 소설 쓰기의 그것과 사뭇

닮은 것처럼 보인다. 그녀의 천 짜는 시간이 결핍의 고통을 견디는 시간이자 장차 도래할 충족을 꿈꾸는 시간이었다면, 소설 쓰기의 본질 역시 이와 다를 리 없는 까닭이다. 더군다나 페넬로페의 손길이 옷의 형상을 향해 조금씩 나아가면서도 그것이 완성되는 순간만큼은 철저히 거부해야 했다는 것은, 저 『천일야화The Arabian Nights』의 이야기꾼 '세헤라자데'의 작가적 운명— 이야기의 결말로 치닫는 순간 죽음을 맞이해야 하는—과도 미묘하게 겹쳐지는 지점이 아닐 수 없는 것이다.

이원화의 소설들 역시 글쓰기라는 것이 근원적으로 페넬로페의 시간 속에서 배태될 수밖에 없는 그 무엇임을 절실히 환기시키는 바가 있다. 이를 테면 「길을 묻다」의 첫 문장, 마치 서술자 자신도 의식하지 못하는 사이에 입술 밖으로 터져 나오는 듯한 작은 절규는 그녀의 글쓰기가 무엇으로부터 도래한 것인가를 강력히 암시하는 듯이 보인다.

"내 안에서, 또 다른 내가 소리친다. 뭔가 써야 한다고. 쓰지 않으면 더 이상 서 있을 수 없다고. 아니다. 쓰는 걸 놓을 수만 있다면 차라리 숨을 쉴 수 있을 것 같다."(p. 9)

‘뭔가를 쓰지 않으면 더 이상 서 있을 수 없’는 것과 ‘쓰는 걸 놓을 수만 있다면 차라리 숨을 쉴 수 있을 것 같’은 것 사이에 무엇이 있을까. 아마도 그녀는 간파했을 것이다. 부재와 결핍으로 구멍 난 신산한 현실 속에서 자신 또한 불가피하게 천을 짜고, 풀고, 다시 짜야 하는 페넬로페의 시간을 감당하지 않을 수 없게 되었음을. 사실 이원화의 글쓰기란 알고 보면 「그곳이 어딘지」에 등장하는 ‘임대주공아파트의 1층에 사는’, 밤이나 낮이나 ‘작은 보따리를 든 채 중얼거리며 아파트 주위를 돌아다니는’ 아줌마의 그것과 별반 다르지 않다. “하고 싶은 말이 너무 많아서, 그 하고 싶은 말을 다 할 수 없어 타인이 아닌 자기 자신에게 끊임없이 홀로 말하는”(p. 120) 이 ‘정신 나간’ 아줌마의 모습은 그저 정신 이상 증세로만 치부할 수 없는 인간의 존재론적 상처와 불안을 생생히 보여주고 있는 것이다.

특히 남편을 잃은 여인들, 그것도 남편의 부재 속에서 두 아이 혹은 세 아이를 키우며 생활 전선의 최전방에 뛰어든 여인들, 죽은 남편에 대한 애틋한 기억과 다른 남자와의 새로운 관계의 가능성 사이에서 서성이는 여인들, 또는 곁에 버젓이 살아있을지라도 아내의 삶을 외롭고 치욕적인 것으로 만들 뿐인 남편

으로 인해 고통받는 아내들의 모습을 이원화의 소설
이 자주 형상화하고 있다는 것은, 작가로서의 그녀의
출발점이 '상실'의 문제, 특히 '남편'이라는 이름의
'또 하나의 자아'이자 '특별한 타자'의 결핍의 문제
와 긴밀히 연관되어 있음을 의미한다고 볼 수 있다.

그렇다면 결국 그녀는 예감하고 있었던 것일까.
페넬로페의 천짜기는 남편 오디세우스가 돌아오는
순간 더 이상 지속될 이유가 사라지게 되었는지 모르
지만, 신화 밖의 오디세우스, 그녀와 우리의 오디세
우스는 결코 우리 곁에 돌아오지 않을 거라는 걸. 그
러므로 지상의 천짜기는 언제까지나 끝나지 않을 달
콤한 형벌이라는 사실을 말이다.

3.

그리하여 그녀는 우선 '길을 묻는' 것으로 상념의
실타래를 풀기 시작한다. 2006년 〈광주일보〉 신춘문
예 당선작인 「길을 묻다」의 서술자가 적막한 실내의
컴퓨터 앞에 '멍하니 앉아' 창밖의 풍경을 바라보는
장면은 다분히 상징적이다. '뻐꾸기 울음소리(시계소
리)'와 '컴퓨터 본체에서 나는 윙윙거리는 소리', '수
족관에서 들리는 도랑물 흐르는 소리'만 들리는 그녀

의 방안은 모든 것이 정지되고 가라앉아 버린 어두운 내면의 공간이다. 이러한 그녀에게, "웃음을 꽃잎처럼 날리며" 한 남녀가 인라인스케이트를 타는 창문 저쪽의 풍경은 아무 소리도 들리지 않는 무성영화의 그것과도 같은 비현실적인 세계일 뿐이다.

무엇이 그녀를 이 정지된 공간에 붙잡아두고 있는가. 그녀는 이 물음을 다음과 같이 바꾸고 있다. "나는 무엇을 기다리고 있는 걸까." 기다림이란 통상적으로 장차 다가올 무엇에 대한 기다림을 뜻한다. 그러나 자신이 기다리는 대상이 무엇인지를 정확히 인지하지 못하는 기다림은 지나간 시간 혹은 현재 상황의 의미가 내면 속에서 아직 해결되지 못했음을 암시하는 바가 있다. 그녀는 아직 과거가 투명하게 정리되지 못했으며, 자꾸만 과거의 기억에 사로잡혀 있으며, 그리하여 좀처럼 앞으로 나아갈 수가 없는 상태인 것이다. 그러니 그녀로서는, 비록 그것이 사랑하는 남편의 죽음이라는 끝내 받아들일 수 없는 기억일지라도, 이를 회피하기보다 차라리 한층 적극적으로 과거를 끌어당겨 추억할 필요가 있는지도 모른다. 사실, 사랑하는 이의 죽음은 그를 사랑했던 자의 삶을 어떠한 대책도 없이 오래오래 지배한다는 점에서 치명적이다. 그리하여 이원화의 소설은 자문하고 있다.

"죽은 자들을 땅속에 꼭꼭 묻는 순간 기억도 그렇게 묻어버릴 수 있다면, 산 자들이 좀 더 자유로울 수 있을까. 땅속에 그들을 꼭꼭 묻는 순간 남은 자들의 삶도 함께 묻혀 버리는 것은 아닐까"(p.12)

주목되는 것은 이 소설이 지난 날의 아픈 기억을 애써 헤집어 보임으로써 사랑하는 이의 죽음에 일종의 의식儀式을 치르고 있는 것처럼 보인다는 사실이다. 모든 엄숙한 의식들이 그러하듯, 이 의식은 아픈 상처를 어루만지듯 천천히, 그러나 절실한 목소리로 진행되고 있다. 사랑하는 이의 죽음이 어렴풋이 예고되던 순간의 불안과 떨림, '거대한 밀림 혹은 수렁'과도 같은 병원을 허둥지둥 전전하던 날들의 신산함, "허공에 매달린 채 언제 터질지 모르는 안전핀 뽑힌 폭탄"과도 같은 죽음 앞에서 "섬뜩하리만치 차가운, 치골에 올라붙어 있던 성기의 종잇장처럼 얇은 표피"를 따스하게 주물러주는 것으로 남편의 아픔을 완화시켜 주고자 했던 아내의 마지막 안간힘, 그리고 마침내 남편이 영안실로 옮겨지자마자 "다른 환자의 침상이 마련되는 일상"을 목격하던 순간의 헛헛함에 이르기까지.

'오직 죽음이 삶을 자각하게 한다'고 말한 것은 하이데거였던가. 이를 뒷받침하기라도 하듯 이원화의 주인공은 죽음의 문제를 삶과 현실의 문제로 연장해 낸다. 남편의 부재는 남겨진 아내와 아이들에게 이런 저런 현실적 고통과 설움들을 남기게 마련이다. 그러나 그녀는 "삶과 죽음은 늘 한 자리에 있"다는 인식에 가 닿음으로써 고통을 승화한다. 이를테면 그것은 박물관의 오래된 유물인 '백제금동대향로'로부터 죽은 남편과 살아 있는 아이들, 그리고 역시 살아 있는 자신이 서로 얽혀있는 모습을 목격하게 되는 것과도 같은 일이다. 또한 그것은 죽은 남편의 무덤에 등 돌리고 서서 그와 한 방향으로 먼 산을 바라보는 일만큼이나 아득하고도 아늑한 일이기도 하다.

하지만 그럼에도도 불구하고 삶과 죽음 사이에 엄연히 존재하는 거리에 대한 인식은 그녀로 하여금 미래의 새로운 관계를 향해 조심스럽게 손짓하게 만들고 있다. 죽은 자에 대한 추억이 제아무리 산 자의 발목을 아프게 혹은 따스하게 붙잡고 있다 하더라도, 살아 있는 자는 "아직 살아 있으므로, 앞으로의 시간을 꿈꾸"지 않으면 안 된다. 이는 망각이나 배신이 아니다. 차라리 용기와 결단, 그리고 도전이다. 물론 이것이 쉬운 일만은 아니라는 것은 「늘 그런 것」의 '이경'의 경우를 통해서도 엿볼 수 있다. 그녀가 '은수'의 변함없는 사랑을 잘 알면서도 "가시를 세운 복어"처럼 스스로의 마음을 닫고 힘겨워하는 것은 사랑 없음 때문이 아니다. 그녀 역시 남편과 사별하고 혼자서 두 아이를 키우며 살아가는 자신의 처지로부터, 그리고 어쩌면 십중팔구 어떤 종류의 죄의식 같은 것으로부터 자유롭지 못한 상태인 까닭이다. 그러나 마침내 그녀는 "손안에 들어온 물을 온몸에 힘을 주고 움켜쥐는 것이 아니라, 자연스럽게 놓는 것이 앞으로 나가는 힘이라는 걸" 깨닫기 시작한다. 이제 그녀는 "그 물결을 타고 넘듯 은수를 향한 자신의 마음을 내맡겨 볼 참"(p. 98)이다. 마치 「길을 묻다」의 주인공이 "남편의 짐을 부려놓고" 이제 그만 "달빛에 기대어 보기로" 마음먹은 것처럼.

4.

그러나 이원화의 여성들은 근본적으로 연약한 사랑 타령이나 감정 놀음에만 빠져 있지 못하는 인물들이다. 이들은 저마다 생활전선에 뛰어들어 일을 해야만 먹고 살 수 있거나 혹은 '당연하게' 일하고 있는 여성들이다. 가령 「길을 묻다」에서 어느 민간단체에서 일하는 주인공은 출입기자와 함께 '백제문화체험' 현장에 출장을 가기도 하고, 「늘 그런 것」의 '이경'과

「파문」의 '현금'은 대형 스포츠센터의 수영장 관리
업무를 수행하는 유능한 직장여성들이다. 「그 눈빛의
깊이는 얼마였을까」의 '인경'은 보험회사에서 신입
보험사원들을 교육하는 업무를 맡고 있고, 그녀가 만
난, 한 달 전 남편이 사망했다는 한 신입사원은 다음
과 같은 절박한 처지에 놓여 있다.

> 그녀에겐 다른 선택의 여지가 없었는지도 모
> 른다. 혼자된 그녀에게 주변의 누군가가 권했을
> 것이다. 이제 당신이 가장이라고, 당신은 당신의
> 몫을 다해야 한다고, 세 아이들을 키워내려면 돈
> 이 있어야 한다고. 무슨 일을 할 수 있느냐고 물었
> 을지도 모른다. 공장에 나가 하루 종일 허리 한번
> 못 펴고 생계비도 되지 않은 돈을 버느니, 능력급
> 인 보험회사 설계사가 나을 거라고. 요즈음엔 설
> 계사에 대한 인식도 많이 좋아져, 돈도 많이 번다
> 더라고……. 한마디 더 보태 도와주겠노라고 했을
> 지도 모른다.(pp.137~138)

그런가 하면 「그곳이 어딘지」에서 무능하고 무책
임한 남편을 둔 '미숙'은 시숙과 윗동서가 운영하는
식당에서 일하며 어렵사리 생계를 꾸려 나가고 있고,

「나무들이 서 있는 풍경」의 ‘희수’와 ‘은서’, ‘미정’
은 모두 한때 봉제공장의 ‘공순이’ 생활을 하다가 지
금은 주방장인 남편과 함께 조그마한 동네 식당을 운
영하거나 아예 어부의 아내가 되어 날마다 바다에 나
가 고기를 잡으며 살아가고 있다.

　이처럼 이원화의 인물들이 대부분 노동현장이나
직업전선의 한 중심에 서 있다는 것은 평범한 소시민
들의 삶의 현장을 세밀히 읽어냄으로써 삶의 의미를
이끌어내려는 그녀의 작가적 관심과 긴밀한 연관을
갖고 있다고 볼 수 있다. 「나무들이 서 있는 풍경」에
쓰인 한 구절처럼, “글씀의 행위는 삶이라는 반석 위
에서만 가능한 것”이기 때문일까. 사실, 그녀가 자주
그려내는 여성 인물들의 일상적 업무나 개인적 시련
이란 많은 경우 현대사회의 냉정한 이윤획득의 논리
나 소시민의 평범한 일상 속에 깃든 가난과 무지, 폭
력적 요소들과 깊이 연루되어 있다. 「파문」의 주인공
‘현금’은 날로 불어나는 수영장 운영 적자 문제를 해
결하기 위해 모종의 대책을 강구해야 한다. 이미 “연
평균 매출 30% 이상 목표달성을 계획하고 직원 채용
계약서에 사인을 한” 상태이므로, “평년보다 오히려
수익이 떨어진다면” 그녀의 자리는 위태로울 것이다.
「늘 그런 것」의 ‘이경’은 출퇴근 규정과 비상 대기 의

무 등은 지키지 않으면서 재계약 때마다 급여 인상만
을 요구하는 수영 강사들의 잘못된 관행을 단호히 바
로잡는 일을 감당하지 않으면 안 되는 처지이다. 또,
「그곳이 어딘지」의 '미숙'이 "가위로 옷고름을 싹둑
자르고" 자식을 버리면서까지 집을 나갔다는 어느 청
상과부의 이야기를 자꾸만 떠올리는 까닭은, 가정도
돌보지 않고 도박이나 일삼으며 그저 아내에게 잠자
리만을 원하는 남편의 무신경한 폭력성 때문이다. 이
러한 폭력성은 「나무들이 서 있는 풍경」에서 무책임
하게 반복되는 빚보증으로 집까지 날리고 마침내 아
내를 가출하게 만든 '은서'의 남편에게서도, 그리고
'공순이' 시절의 어린 '희수'를 강간한 뒤 20년이 흐
른 지금까지도 "아무 때나 불쑥 나타나 제 여자인 양
취급하는" '경태'에게서도 마찬가지로 발견된다.

그런데 이런저런 생활고의 부대낌 속에서 이원화
의 여성들은 저마다 자신들이 느끼는 부자유를 벗어
나기 위해 모종의 선택과 결단을 요구받고 있다는 공
통된 처지에 놓여 있다. 그리고 그러한 선택과 결단
의 방향은 물론 저마다 조금씩 다른 양상으로 나타난
다. 죽은 남편에 대한 기억과 개인적 처지 때문에 새
로운 선택을 망설였던 「길을 묻다」의 주인공과 「늘
그런 것」의 '이경'은 결국 그간의 마음의 짐을 내려

놓고 새로운 관계를 모색하기로 결심한다. 그러나 오랫동안 폭력에 길들여진 채 ‘경태’의 그늘에서 벗어나지 못하는 「나무들이 서 있는 풍경」의 ‘희수’와, 남편을 죽이고 싶을 만큼 증오하면서도 최소한 “옷고름을 스스로 자르고 싶지 않았던” 「그곳이 어딘지」의 ‘미숙’은 각각 자살이나 충동적인 성적 일탈이라는 그다지 근본적이지 못한 행위를 선택함으로써 끝내 어두운 삶을 청산하는 데 실패하는 모습을 보여주기도 한다.

이원화의 세계 속에서 현실이란 손쉬운 치유와 극복의 장이기보다 모순과 부조리, 나약함과 우유부단함으로 피 흘리는 환부患部 자체, 말하자면 “지나가는 누군가의 발길질에 생긴 제 몸의 상처를, 그 상처를 끌어안고 가야 하는” 장소로 존재하고 있는 듯이 보인다. 그녀의 세계가 아직은 조심스런 머뭇거림, 그리하여 내일을 기약하는 오늘의 힘겨운 배밀이의 몸짓처럼 여겨지는 것은 바로 이러한 연유 때문일 것이다.

5.

이원화의 언어에서는 유독 ‘물’의 촉감이 빈번하게 감지된다. 흐르거나, 젖어들거나, 차오르거나, 끓어오르는 것들. 어쩌면 그것은 작가의 태생적 경험이 체화시킨 감각인지도 모르겠다. 그녀의 인물들에게는 고통의 감각도, 자유로움과 아늑함의 감각도 한결같이 물의 감촉으로 표현된다. 마치 물이야말로 자유로움과 아늑함의 상태를 표현할 수 있는 유일한 이미지요, 최상의 소재인 듯이 말이다.

「파문」-이 작품은 제목도 '파문波紋'이다-의 주인공 '현금'은 이를 테면 "수영복을 입고, 수경을 쓰고, 수모를 쓰는 불편함이 아닌 맨 몸의 자유로움, 물이 주는 안온함을 온몸으로 느끼며 물을 헤쳐 나가고 싶다."고 토로한다. 그녀에게 물은 "(현금이) 물을 만지고 느끼는 것이 아니라, 물이 현금을, 현금의 마음까지 물이 어루만져 줄 수 있을 것 같"(p. 217)은 편안함과 아늑함, 그 자체로 다가간다. 재미있게도 그녀는 「늘 그런 것」의 주인공 '이경'과 함께 아예 물로 가득 채워진 수영장이 직장일 정도다. 또, 「나무들이 서 있는 풍경」의 결말 부분에서는 바닷물을 향해 뛰어드는, 인물의 자살을 암시하는 행위조차 "사르르사르르 부서져 흐르는 모래처럼 희수는 흐르기 시작했다. 답답하던 희수의 가슴이 뚫리는 것 같았다. 이제야 살 수 있을 것 같았다."(p. 69)와 같은 자유와 해방의 이미지로 물이 묘사되고 있으며, 「그곳이 어딘지」의 경우 그것은 한 억압된 영혼으로 하여금 따뜻함과 안온함은 물론 관능적인 자유로움과 생명력을 느끼게 하는 매개체로도 존재하고 있다.

> 물의 따뜻함이, K의 부드러운 손길에 욕조에 흐르는 물줄기의 안온함에 서서히 미숙의 몸이 반응을 일으킨다. 살아있었음을 느끼는, 미숙의 눈에 흐르는 눈물을 K가 혀로 핥는다. 미숙의 숨겨진 욕망이 거품처럼 인다. 미숙의 얼굴 라인을 따라 K의 혀가 움직여 간다. 먼 바다의 등푸른 고래처럼 자유롭게. 고래가 물을 뿜어내듯 미숙이 소리치기 시작한다.
>
> 제발 죽여줘요. 제발, 남편을 죽여줘요. 죽여줘.(p. 126)

뿐만 아니라 이원화의 소설들에서는 인물의 심리나 사건의 정황에 대한 묘사 부분 또한 물과 바다의 이미지, 그리고 멸치, 붕어 등 물과 연관된 소재들이 자주 활용되고 있음을 볼 수 있다. 「길을 묻다」에서 위암 판정을 받은 남편의 위 상태는 "육지에서 밀려온 개흙에 덮여 썩어가는 개펄"로 묘사되고, 「늘 그런 것」의 '은수'는 수산시장에 나가 생선을 구입하여 회를 뜨는 직업의 소유자이며, 그가 우연히 본 텔레비전 화면 또한 제주 바다의 갈치잡이 현장이 생중계되고 있다. 또, 「그 눈빛의 깊이는 얼마였을까」에 나타나는 인물의 절망적 상황이 "모래사장에 발을 묻은 채 황망해 하고 있"는 것으로 표현되는가 하면, 도심에서 사고 현장을 보기 위해 몰려오는 사람들은 '멸치 떼'로 비유되기도 한다. 요컨대, 이원화의 모국어는 다름 아닌 물의 언어, 그 중에서도 특히 소금기와 해풍 가득한 바닷물의 언어라 할 수 있는 셈이다.

그런가 하면 이원화의 텍스트에서 단연 돋보이는 또 하나의 중요한 서사적 요소는 직업 세계와 연관된 몹시 풍부하고도 전문적인 세부 정보들 혹은 디테일 묘사 장면들이다. 이 중에는 쭈꾸미 메뉴를 파는 식당 운영에 대한 것(「그곳이 어딘지」)도 있고, 보험회사의 신입사원 교육 업무 실태에 관한 내용(「그 눈빛의 깊이는 얼마였을까」)과 수영장 관리 업무에 관한 내용(「늘 그런 것」, 「파문」)도 들어 있다. 그리고 「나무들이 서 있는 풍경」에는 1980년대 봉제 공장의 작업 실태와 노동 환경을 짐작케 하는 구체적인 장면 묘사도 담겨 있다. 이를 테면 다음과 같은 식이다.

　　새벽 두 시. 마감이다. 오후 세 시에 시작한 영

업이 새벽 두 시에 끝난다. 일반적인 점심 식사 영
업을 하지 않는 대신, 새벽까지 장사를 하는 틈새
시장인 셈이다. 오늘 매출이 얼마일까? 손님 한
명당 얼마, 대략 단가 계산이 나온다. 빠른 테이블
회전을 위해 술보다는 오히려 주 음식 메뉴 판매
율이 더 높다. 식사가 끝남과 동시에 자리를 비워
테이블 당 회전율을 높이고 동시에 매출을 올려야
한다.(p. 114)

　　교육 마지막 날, 일곱 명으로 줄어든 교육생
중에 눈이 빛나는 이들은 신규 마감을 잘해서 자
신감에 부풀어 있는 이들이다. 아직도 보험 계약
자 대부분이 연고에 의해서 상품의 내용을 정확하
게 따져보지 않은 채 설계사의 얼굴만 보고 가입
하는 경우가 드물지 않은 걸 보면, 어쩌면 이들은
6개월은 버틸 것이다. 아침마다 영업소 조회 시간
에 신규 가망 고객의 명단을 작성해 오라고 담당
소장이 목청껏 외쳐도 반은 아는 사람들의 이름을
적어올 것이다. 하루 열 명의 명단을 가장 성실하
게 작성하는 사람만이 일 년 후에 가장 능력있는
사원이 되겠지만, 그런 경우 거의 맨땅에 헤딩한
다는 표현이 어울릴 만큼 발품을 팔아야 가능하

다. 대부분 6개월이 지나면 연고 판매는 바닥이
난다. 소장이나 국장으로부터 여왕마마 대접을 받
으며 월말 마감 후, 보험 판매 신인상을 휩쓸던 한
때가 지나가고 나면, 또 다른 신인에게 그 자리를
내 주며 소리 소문 없이 사라지는 보험회사의 신
규 사원들.(p. 159)

이야말로 작가가 직접 몸으로 체험했거나 적어도
발로 뛰며 맵짜게 수집한 정보들이 아니면 결코 가능
하지 않았을, 그리하여 작가의 끈덕진 '근성'을 보여
주는 지점이 아니고 무엇일까. 더군다나 「하루」에서
맛볼 수 있는 경쾌하고도 속도감 있는 세태 묘사에
이르면 이원화의 세계는 다양한 문학적 스펙트럼의
가능성이 내장되어 있음을 예감하지 않을 수 없다.
마땅히 그렇지 않겠는가. 페넬로페의 천짜기는 이미
시작되었으며, 지상에서의 그녀의 기다림은 끝없이
이어질 것이므로. 또한 이것이 그녀에게 허여된 유일
한 숙명의 시간이자 그녀의 선택임을, 누구보다 그녀
자신이 알고 있을 것이기에.

고맙고
고맙고
고맙습니다.

내 곁에 있는 당신,
지금 이 글을 읽는 당신께 엎드려 큰 절 드립니다.
고맙습니다.

당신이 있어 오늘 하루를
멋진 이 시간을 함께 합니다.
고맙습니다.

존경하는 채희윤 선생님
사랑하는 아들 유민이와 예쁜 딸 다해
고마운 언니, 오빠와 가족들 고맙습니다.

하루하루가 태풍이 몰려오는 먼 바다의 파도 같았
습니다.
출렁이는 파도에 멀미를 하며 몸살을 앓았습니다.
이 책을 엮으며 알았습니다. 그동안 얼마나 많이 울

었는지.

허방에 서 있듯 위태로우면서도
힘을 얻을 수 있었던 것은 지켜봐주시는 분들의 따
뜻한 마음 때문이었습니다.
바다를 향해 불 밝힌 등대처럼 멘토Mentor가 되어주
신 인연因緣들 고맙습니다.

기쁨도 슬픔도 함께 한 은경이와 친구들
세세생생世世生生 맺은 모든 인연因緣들
집필공간을 만들어 주신 〈글을 낳는 집〉 김규성 선
생님
문학들 송광룡 사장님과 편집부 직원들께도 감사드
립니다.

저의 정성이, 눈 내리는 밤
깊은 산골 오두막의 화롯불처럼 은은할 수 있기를
희망합니다.
언 손을 녹이고, 따뜻한 마음의 불씨를 피울 수 있다
면 더 없이 행복하겠습니다.

2011년 2월
새해, 눈 내리는 날에 이 원 화

이원화

1969년 완도 금일 출생으로 바다는 늘 꿈을 꾸게 하는 힘이 되었다. 일찍 결혼하여 두 아이를 두었고 늘 허공에 발을 딛고 서 있는 듯하여 뒤늦게 공부를 시작하였다. 방송통신대와 광주여자대학교는 자신을 들여다보고 길을 건널 수 있는 징검다리가 되었다. 2006년 광주일보 신춘문예에 단편소설 「길을 묻다」가 당선되어, 삶은 끝없이 이어지는 사람과 사람의 관계라는 생각으로 글을 쓰고 있다. 현재 광주여자대학교 대학원 한국어문학과 재학 중이다.

초판1쇄 찍은 날 | 2011년 2월 20일
초판2쇄 펴낸 날 | 2011년 4월 12일

지은이 | 이원화
펴낸이 | 송광룡
펴낸곳 | 문학들
등록 | 2005년 8월 24일 제2005 1-2호
주소 | 501-841 광주광역시 동구 학동 81-29번지 2층
전화 | 062-651-6968
팩스 | 062-651-9690
전자우편 | munhakdle@hanmail.net
값 12,000원

ISBN 978-89-92680-48-6   03810